Die Butternäherin

Geschichten

Georg Gehlhoff

Die Butternäherin

Geschichten

BoD –Books on Demand 2016

Der Titelsatz für diese Publikation ist in der Deutschen Nationalbibliographie (http:/dnb.ddb.de) verzeichnet.

Georg Gehlhoff:

Die Butternäherin
Geschichten

Herstellung und Verlag:
BoD – Books on Demand, Norderstedt

Coverabbildung: *Piece of cooking butter isolated*
© Dmitri Stalnuhhin / Fotolia
Satz + Umschlaggestaltung: Anna-Katharina Löhn & Christian Del Monte

© Georg Gehlhoff . Alle Rechte vorbehalten.
Erstausgabe 2016

ISBN 9783741294389

Ich danke für ihre Hilfe bei der Entstehung dieses Buches meiner Frau Diana, meinen Schwestern Beatrix und Judith, sowie Anna, Christian, Christine, Daniela, Gudrun, Katharina, Kathrin und Kathrin in Paris.

Wie ist es ihm weiter ergangen? Lassen Sie mich es wissen.

Goethe, Wilhelm Meisters Lehrjahre

Am U-Bahnhof

Ein Herr steht allein und sommerlich gekleidet am U-Bahngleis. Ein Jugendlicher spricht ihn an:

Hier ist der Endbahnhof. Die U-Bahn Richtung Osloer Straße fährt vom Gleis gegenüber.

Ich weiß, antwortet der Herr.

Weswegen stehen Sie dann hier? Der Zug fährt hier nicht weiter.

Ich warte auf die U-Bahn.

Aber die fährt doch von der anderen Seite, wiederholt der Jugendliche, oder warten Sie vielleicht auf einen Bekannten?

Nein, nein, ich warte auf die U-Bahn.

Geht es Ihnen gut?

Danke, ausgezeichnet.

Stehen Sie schon lange hier?

Seit letzter Woche.

Müssen Sie denn nicht zur Arbeit?

Nein, ich verbringe meinen Urlaub hier.

Sie nehmen mich auf den Arm.

Ganz im Gegenteil. So ein U-Bahnhof ist ein wunderbarer Ort zum Entspannen.

Ich verstehe.

Ich kann es Ihnen nicht beschreiben, aber wenn die U-Bahn hier einfährt und alle Fahrgäste aussteigen, das ist einfach ein tolles Gefühl. Das ist wie Surfen in Kalifornien.

Ich verstehe. Waren Sie schon mal beim Arzt?

Der Herr zeigt auf die U-Bahn, die gerade einfährt. Die Fahrgäste steigen aus. Er wirft sich in den Strom der Menschen. Sie rempeln ihn an, aber er lächelt. Und dann dreht er um und lässt sich von der Menschenwelle die Treppe hochtragen. Und ein Gefühl der Glückseligkeit steht ihm ins Gesicht geschrieben, als er von dort die Treppe wieder heruntergleitet.

Der Jugendliche hat ihn gespannt beobachtet. Ich bin gleich wieder da, sagt er, ich hole meine Badehose.

***

Auf dem Platz

Der Abend bringt Abkühlung. Kinder laufen kreischend umher. Die Menschen tratschen, scherzen, lachen, schimpfen, diskutieren. Man ist schon beim dritten Glas Wein. Der Platz füllt sich immer mehr. Ein Trio spielt melancholische Lieder. Paare tanzen.

Zunächst beachtet niemand den schwarzgekleideten Mann, der sich am Rande des Platzes auf eine kleine Bühne gestellt hat. Seine silberfarbenen Augen leuchten in der Dunkelheit. Zwei, drei Tanzpaare halten inne und hören ihm zu. Seine Stimme ist zart wie eine Rosenblüte.

Die Musiker beenden ihr Konzert. Die Zuhörer applaudieren. In der lauen Sommernacht schlafen die Kinder auf dem Schoß ihrer Eltern. Die Gespräche verstummen nach und nach, bis die Menschen zu Bett gehen.

Am nächsten Abend steht der Mann mit den Silberaugen wieder auf der Bühne. Er redet und tanzt, lacht, spielt und singt. Er ist ein unermüdlicher Alleskönner. Nicht mal ein Glas Wasser braucht er. Oft wiederholt er sich, aber sein schwarzer Anzug, seine Gewandtheit, seine Ausdauer und vor allem seine Stimme und seine Augen üben eine große Faszination aus.

Immer mehr Menschen schauen sich sein Spektakel an. Ihre geselligen Abende kommen ihnen plötzlich langweilig vor, als ob sie sich schon lange nach etwas Neuem, nach einer Abwechslung von ihrer Sommerroutine gesehnt hätten.

Nach einigen Abenden ist vor der Bühne kein Fleckchen mehr frei. Nur die verführerische Stimme des Mannes hallt von den Häuserwänden wider. Es gibt kein Thema, das er nicht anspräche. Er scheint alle Geheimnisse, Probleme, Fragen und Wünsche seiner Zuhörer zu kennen.

Sie sprechen bald wie er und er benutzt die gleichen Worte wie sie. Was er vorschlägt, zählt mehr als der Ratschlag eines Freundes. Viele Zuschauer haben das Gefühl, solange der Mann auf der Bühne steht, brauchen sie sich keine Sorgen zu machen. Durch ihn ist das Leben ein Stück leichter geworden, auch wenn sein Süßholzraspeln nicht mehr Bedeutung haben mag als eine flüchtige Urlaubsbekanntschaft.

Am Ende des Sommers sehen die Augen der Zuschauer eckig und müde aus. Vom langen Sitzen haben die meisten einen Bauch angesetzt. Nur noch selten hört man ein Lachen.

Die Abende werden kühler. Immer mehr Menschen bleiben zu Hause oder treffen sich in einer Kneipe. Sie sprechen meist über Dinge, die der Mann auf der Bühne ihnen erzählt oder vorgeführt hat. Draußen regnet es jetzt öfters.

Der Dauerunterhalter erkältet sich und seine Stimme wird rau und unangenehm. Seine Augen werden schwarz. Allein geblieben, lädt er die Bühnenbretter in seinen Transportwagen und fährt über den Platz. Bald stehen seine Kinder in allen Wohnzimmern.

***

Der Bach

Der Bach stürzt den Berg hinab und bricht sich das Bein. Es heilt nicht. Der Revierförster erschießt den Bach. Die Kühe trauern um ihre grüne Wiese.

***

Die Bauchuhr

Egidius wurde mit einer Uhr in der Bauchhöhle geboren. In seiner Familie kam das häufiger vor. Die Zeit ernährte Egidius. Je langsamer sie verging, desto nahrhafter war sie. Nach einem langen, gemächlichen Spaziergang fühlte er sich gesättigt. Zur Verdauung las er ein packendes Buch oder schaute sich einen Thriller im Fernsehen an. Ein entspannendes Bad war wie ein Teller Spaghetti für ihn. Musste er sich beeilen, stach ihn der Hunger.

Egidius hielt sich gerne auf dem städtischen Friedhof auf. Dort kannte er jedes Grab. Durch die stillen und verwilderten Friedhofswege zu schlendern, füllte seinen Magen.

Seiner Schwester Tatjana ging es nicht gut. Sie wohnte in Moskau. Damit die anderen Fluggäste das Ticken seiner Uhr nicht hörten, musste Egidius sich jedes Mal ein Kopfkissen unter das Hemd stopfen. Tatjana saß rauchend vor dem Fernseher, war abgemagert und ihre Bauchuhr tickte unregelmäßig.

Bei seiner Rückkehr fand Egidius eine Mahnung seines Vermieters vor. Er hatte seit acht Monaten keine Miete mehr bezahlt. Egidius legte sich in die Badewanne. Er hatte Hunger, doch er konnte sich nicht entspannen. Seine Uhr ging nach.

Egidius ging weiter viel spazieren und saß vermehrt vor dem Fernseher. Er nahm ab. Zwei Monate später empfing er ein Telegramm aus Moskau. Um den Sarg seiner Schwester nach Deutschland überführen zu können, musste er einen Kredit aufnehmen. Oft ging er zu ihrem Grab auf dem städtischen Friedhof. Der Sommer war ungewöhnlich heiß. Egidius fühlte sich unruhig. Seine Uhr geriet immer wieder aus dem Takt. Der Vermieter kündigte ihm. Dünn wie ein Spargel stand Egidius auf der Straße.

Herbstwind bläst ihm ins Gesicht. Er betrachtet die frisch gesetzte Erika auf Tatjanas Grab. Seine Wangen sind wieder fülliger geworden. Morgen beginnt er eine Lehre beim Friedhofsgärtner, der ihm auch ein kleines Zimmer besorgt hat. Egidius hebt den Pullover hoch und schaut auf den Bauch. Auch die Kirchturmuhr schlägt zwei.

***

Beate S.

Erich S. verschwand während einer Dienstreise nach Amerika. Frau S. kontaktierte die Freunde ihres Mannes. Sie konnten ihr nicht weiterhelfen. Frau S. las die Tagebücher ihres Mannes. Sie fand darin keinen Hinweis. Ein Tagebuch fehlte, stellte sie fest. Sie suchte es fieberhaft. Als es schließlich auftauchte, führte es sie auch nicht weiter.

Frau S. stieg in die S-Bahn. Im Zug gegenüber saß ihr Mann und las ein Buch. Er nahm nie ein Buch in die Hand. Sie wechselte in den anderen Zug. Es war nicht ihr Mann.

Frau S. spürte eine frühere Freundin ihres Mannes in Venezuela auf. Sie telefonierte mit ihr. Im Hintergrund hörte sie sein Lachen. Sie flog nach Caracas. Das Lachen gehörte dem norwegischen Freund der Ausgewanderten. Frau S. nahm den Flieger zurück nach Berlin.

Die Polizei entdeckte eine Leiche im Teltowkanal. Frau S. glaubte, es sei ihr Mann. Der DNA-Vergleich verlief negativ.

Ohne Nachricht vergehen Jahre. Beate bügelt gerade Wäsche. Es klingelt an der Tür. Es ist Erich. Er lächelt. Sie ersticht ihn. Die Leiche vergräbt sie im Garten. Beate lädt Freunde zu einer Sommerparty ein. Sie verliebt sich in Harald. Er ist Tierarzt. Er zieht bei ihr ein. Sie bekommen Zwillinge. Die Kinder spielen im Garten. Sie graben einen Knochen aus. Harald erklärt, er sei von einem Tier. Kreischend kommen die Kinder erneut angelaufen. Sie haben Durst. Beate füllt ihre Becher mit Apfelsaft. Die Familie fliegt am nächsten Tag nach Florida. Für die Zwillinge ist es der erste Langstreckenflug.

***

Berliner Mond

Die Mondsichel knabbert an Köpenicker Schornsteinen. Des Halbmonds Kehle ist verrußt. Er schlürft das Prinzenbad. Das Chlor lässt den Dreiviertelrunden erbrechen. Die Ärztin in der Charité verschreibt ihm eine Milchkur. Weiß leuchtet der Vollmond über dem Wannsee.

***

Bildschirme

Nach dem Tod seiner Schwester bekam Bernd kalte Füße auf dem Fernsehsofa. Bis weit in den Frühling trug er lange Unterhosen und zwei Paar Strümpfe, obwohl die Heizung auf vollen Touren lief. Wenn er an seinem Rechner saß und lustlos durch die Angebote der Stellenportale klickte, wurden auch seine Finger klamm.

Als seine Schwester und er noch auf die Schule gegangen waren, erinnerte er sich, hatte er kleine mediterrane Landschaften gemalt und auf dem Flohmarkt verkauft. Bernd schaltete Computer und Fernseher aus und kramte die alten Malutensilien hervor. Das in Vergessenheit geratene Hobby wühlte ihn jedoch auf und er legte den Pinsel beiseite.

Das Jobcenter drohte Bernd mit einer Kürzung des Arbeitslosengeldes II. Ihn packte die Wut. Nie wieder würde er ein Bewerbungsschreiben aufsetzen. Er warf den PC-Tower in den Müllcontainer. Den hässlichen, sperrigen Monitor wollte er ebenfalls entsorgen, als sein Blick auf einen expressiven Farbkleks fiel, der am Vortag auf den Bildschirm geraten war.

Viele Stunden später war das Porträt seiner Schwester vollendet und Bernd legte sich erschöpft, aber glücklich ins Bett. Als er am Mittag aufstand, kochte er Kaffee. Lange verweilte sein Blick auf dem neuen Werk. Der Monitor sah jetzt schön aus.

Früh am nächsten Morgen rief Bernd seinen Freund Konrad an, er wolle ihm etwas zeigen. Für den Besuch räumte Bernd auf. Er habe den charakteristischen Gesichtsausdruck seiner Schwester getroffen, lobte Konrad. Bernd umarmte ihn und holte den Pinsel hervor. Der Fernsehbildschirm war jetzt an der Reihe. Bernd schuf darauf ein Doppelporträt von sich und seinem Gefährten. Konrad schaute seinem Kumpel zu und fand auf dem fertigen Bild das Wesen ihrer Freundschaft wiedergegeben. Die beiden Männer unternahmen einen langen Spaziergang in der warmen Maisonne.

***

Die Butternäherin

Antonina, geboren in Benevento in Süditalien, war im Alter von sechs Jahren mit ihren Eltern nach Berlin gezogen. Als junge Frau hatte sie den Mauerfall erlebt. Nach Abschluss ihrer Schneiderausbildung und einigen Jahren als angestellte Näherin machte sie eine Nähstube in der Albrechtstraße in Steglitz auf. Trotz ihres jungen Alters scheute sie das Risiko eines eigenen Geschäftes nicht. Sie saß oft bis spät in der Nacht an ihrer Nähmaschine und stopfte Hosenlöcher, nähte Reißverschlüsse ein und Knöpfe fest.

Eines Tages brachte ein gut gekleideter Kunde ein durchgeschnittenes Päckchen Butter. Er bat Antonina, ob sie es wieder zusammennähen könne. Sie lachte und fragte ihn, wie sie das machen solle. Der Mann wiederholte sein Anliegen. Antonina zuckte die Schultern. Sie brauchte das Geld.

Am Abend holte Antonina die Butterpäckchenhälften aus dem Kühlschrank und legte sie vor sich auf den Tisch. In beide Teile hatte der Mann ein kleines Loch gegraben, als ob er darin etwas aufbewahren wollte. Sie konnte die beiden Hälften zusammenkleben, aber er hatte gesagt, sie solle sie nähen. Antonina schüttelte den Kopf. Sie schaute auf die Uhr. Draußen regnete es. Sie spannte den Schirm auf und lief los. Eine halbe Stunde später war sie zurück. In den Händen hielt sie ein Butterpäckchen mit der gleichen Verpackung wie das zerschnittene. Den Rest des Abends verbrachte sie damit, kurze Fäden um die Mitte des Päckchens zu kleben, damit es aussähe, als hätte sie die Butter tatsächlich genäht.

Der Mann wartete bereits vor der Tür, als sie am nächsten Morgen ihr Geschäft aufschloss. Er hatte es eilig. Antonina wollte ihn in ein Gespräch verwickeln, aber er verlangte nur sein Butterpäckchen, bezahlte den vereinbarten Preis und verschwand.

Antonina versuchte, die Identität des Mannes und den Grund für seinen rätselhaften Auftrag herauszufinden. Sie fragte im Kundenkreis nach und hängte in der Umgebung Zettel an die Bäume. Die Sache ließ ihr keine Ruhe. Sie betete zu Gott, er möge ihr eine Antwort geben, aber Gott schien die Angelegenheit genauso mysteriös zu finden wie sie. Ihre italienischen Verwandten und Freunde vermuteten islamistische oder amerikanische Terroristen hinter der *Buttergate*. Antonina blieb bei ihrer Meinung, es müsse eine ganz einfache Erklärung für das Verhalten des geheimnisvollen Mannes geben.

Viele Jahre später erhielt Antonina einen Brief:

Sehr geehrte Frau Varicchio,

im Tiefkühlfach meines vor kurzem verstorbenen Onkels lagen ein genähtes Butterpäckchen und Ihre Visitenkarte. Der Bruder meiner Mutter hat sich nach mehreren Psychiatrieaufenthalten vorgestellt, durch Ihre Nähkünste habe er seine „Feinde" in das Butterpäckchen „eingesperrt". So hat er es mir vor seinem Tod erzählt. Obwohl er Ihnen sehr dankbar war, hat er sich nicht bei Ihnen gemeldet, da er sich seiner Krankheit schämte.

Gerne würde ich Sie einmal persönlich kennenlernen.

Mit freundlichen Grüßen

Ihr Jochen Holz

Antonina wischte eine Träne von ihrer Wange. Sie legte den Brief neben die Nähmaschine. Ein paar Wochen später traf sie sich mit Herrn Holz in einem Restaurant in der Akazienstraße in Schöneberg.

***

Der Dachschwimmer

Es ist heiß in der Großstadt. John hat kein Geld fürs Freibad und der Ozean ist weit weg. Er sonnt sich auf den Dachziegeln. Wenn er sie umdreht, sind sie kühl wie das Meer. Er stellt sie sich als Wellen vor. Er gleitet ins Wasser. Die Beine strampeln, die Arme rudern, der Kopf taucht unter und wieder auf. John fühlt sich erfrischt. Ermutigt schwimmt er weiter hinaus. In den Lokalnachrichten heißt es, er sei auf Grund eines Hitzeschlages vom Dach gefallen.

***

Einsicht

Renate schwärmt von den weißblühenden Holunderbäumen in unserem neuen Garten. 14 Tage lang gibt es frittierte Holunderblüten zum Frühstück. Anschließend drei Wochen Holunderblütensaft. Dann kommt die Holunderkuchenzeit. Ich genieße den Herbst: Den Holunderblütentee habe ich in die Biotonne entsorgt. Zu Weihnachten bereitet Renate Holunderplätzchen. Im neuen Jahr habe ich einen Kater vom Holundersekt. Ich besorge mir eine Baumsäge. Renate reicht die Scheidung ein. Dem Richter zeige ich mich reuig. Sie zieht ihre Klage zurück. Im Frühjahr ist die Holundermarmelade aufgebraucht. Wir versöhnen uns. Renate wird schwanger. Ich stelle mich an den Herd und koche Holundersirup. Sie kommt in die Küche. Da es ein Junge wird, sagt sie, soll er Elder heißen. Ich kenne den Namen nicht, sage ich. *Elder* ist das englische Wort für Holunder, erklärt sie. Vielleicht wird es ein Mädchen, erwidere ich. Es gibt keinen weiblichen Holunder, entgegnet sie. Während ich den Sirup rühre, stelle ich mir vor, wie mein Sohn im Holunderbaum klettert.

***

Elisabeth

Während Olivers Beerdigung stellt sich ein junger Mann hinter Elisabeth. Irritiert dreht sie sich nach ihm um. Er hat weiche Augen und nickt ihr freundlich zu, aber er stinkt nach Zigaretten. An seiner Hand trägt er den Goldring, den Elisabeth Oliver an ihrem letzten Abend geschenkt hat. Ihr wird schwarz vor Augen. Als sie sich wieder gefasst hat, ist der junge Mann verschwunden.

Die nächsten Wochen hat Elisabeth viel zu tun. Sie ist Steuerberaterin. Nachts hat sie Alpträume. In der Mittagspause setzt sie sich vor das kleine Café in der Nähe ihres Büros. Der junge Mann vom Friedhof geht rauchend an ihrem Tisch vorbei.

Elisabeth greift nach ihrer Tasche und folgt ihm. An einer Haltestelle steigt er in einen Bus. Sie springt hinterher. Der junge Mann trägt noch immer Olivers Ring. Der Unbekannte lächelt sie an. Sie fragt ihn, woher er den Ring habe. Der junge Mann zündet sich wieder eine Zigarette an. Elisabeth wird es plötzlich sehr kalt. Sie sagt nichts mehr. Niemand sagt etwas. Elisabeth fühlt sich wie festgeschweißt. Der Bus fährt durch Bezirke, die sie nicht kennt. Die Straßen sind holprig, die Häuser sehen renovierungsbedürftig, die Menschen auf den Gehwegen mitgenommen aus. Draußen wird es dunkel. Regen klatscht an die Fensterscheiben. Der Busfahrer hält vor einem großen Gebäude, das so abweisend aussieht wie das Amtsgericht in Moabit.

Durchnässt und angespannt tritt Elisabeth durch das Eingangstor in eine dunkle, endlose Halle, in der sich Tausende kranke, alte, verletzte Menschen drängen. Auch die Fahrgäste aus dem Bus stellen sich zu ihnen. Erst jetzt fällt Elisabeth ein, dass viele von ihnen während der Fahrt leise geweint haben. Junge, rauchende Männer stehen umher. Früher hat Elisabeth auch gequalmt.

Sie bahnt sich einen Weg durch die dichte Menschenmenge. Schließlich entdeckt sie Oliver. Sie zieht ihn ins Freie. Es hat aufgehört zu regnen. Der Bus ist nicht mehr da, doch am Rande des Platzes steht ein Taxi. Oliver kommt nur langsam voran. Elisabeth nimmt Tabakduft wahr. Sie haben das Taxi erreicht. Der junge Mann tritt neben sie und bietet Elisabeth eine Zigarette an. Oliver zittert. Trotz der langen Entwöhnung ist der Geschmack vertraut und wohltuend. Elisabeth schließt einen Moment die Augen.

***

Emelie

Ich war gerade von einem Italienurlaub zurückgekehrt. Im Tiergarten kreuzten sich unsere Wege. Sie war aus dem Zoo ausgebrochen. Ich versteckte sie in meinem Lieferwagen. Ihren Namen erfuhr ich aus den Fernsehnachrichten.

Ich verliebte mich in sie. In die rosa Flecken auf ihrem Rücken. In ihre wehmütigen kleinen Augen.

Wir starteten in der Nacht von einem Flugplatz im Brandenburgischen. Bei Sonnenaufgang überquerten wir die Alpen. Am Nachmittag landeten wir auf einer Flugpiste in Kenia. Ich saß die ganze Zeit neben ihr und besprizte sie ab und an mit Wasser. Sie schlief, denn ich hatte ihr eine Betäubungsspritze gegeben.

Die Tropenhitze setzt mir zu. Emelie fühlt sich wie neugeboren. Aufgeregt stapft sie über die Rollpiste. Der Direktor des Nationalparks empfängt uns. Vor Freude grunzend, rennt Emelie auf einen Tümpel zu. Schon hat sie mich vergessen.

Schlotternd erwache ich aus meinen Liebesträumen. Die Kabinenheizung ist ausgefallen. Das Flugzeug schaukelt. Nachtschwarz liegt unter uns das Mittelmeer.

***

Flucht

Auf der roten Rückenlehne ruhte der Schmetterling. Er schaute auf den Spielplatz, die Straße, die Steinplatten. Nebenan zischte die Bachgischt, halte dich fern! Ein sich hinsetzender Mensch vertrieb den Flügelfaltigen. Furchtsam flatternd flüchtete er ans andere Ufer, wo Wiesenbrüder ihren Blütenhunger stillten.

***

Das Foto

Seine Frau war gestorben. Sie war streng mit ihm gewesen. Jetzt wollte er ein freies Leben führen.

Am Morgen wachte er auf und hatte Lust auf eine Zigarette. Er rauchte seit 30 Jahren nicht mehr. Seine Frau hatte es ihm abgewöhnt. Sonst hätte er sie nicht überlebt. Vom Nachttisch blickte ihn das Foto seiner Frau an. Er verzichtete auf die Zigarette.

Er ging ins Wohnzimmer und öffnete die Hausbar. Ihm fiel das Missbehagen seiner Frau ein, wenn er Alkohol trank, und er kippte alles Hochprozentige in den Ausguss. Am nächsten Tag war er schlecht drauf und trank zum Frühstück zwei Bier. Am Ende des Tages waren es neun Flaschen. Als er besoffen ins Bett fiel, wäre das Foto seiner Frau fast zu Bruch gegangen. Von da an trank er höchstens zwei Glas Rotwein die Woche.

Er schaute den ganzen Tag Sportsendungen im Fernsehen und stand vom Sofa nur auf, um sich eine Tüte Chips aus der Küche zu holen. Er fühlte sich dick und schlapp, nickte ein und träumte von seiner sportlichen Frau, wachte auf, zog sich Turnschuhe an und spazierte drei Stunden durch den nahegelegenen Wald.

Schon vormittags spielte er am Computer. Im Alltag vergaß er vieles. Seine Frau hatte gern gelesen und ein gutes Gedächtnis gehabt. Als ihm ihr Hochzeitstag nicht mehr einfiel, schaltete er den Computer aus und nahm einen Roman in die Hand.

Er ging zu einer Imbissstube und aß eine Currywurst. Von der Currywurst bekam er Durchfall. Die Klobürste war dreckig. Vor seinem inneren Auge sah er seine Frau sich angeekelt wegdrehen. Er ging in einen Haushaltswarenladen, kaufte fünf neue Klobürsten und wechselte sie aus, sobald sie dreckig war.

In der Wohnung roch es muffig. Er verstand nicht wieso. Er legte sich hin. Die Bettwäsche stank. Er hatte sie seit sechs Wochen nicht gewechselt. Auf dem Foto hielt seine Frau sich die Nase zu. Er sprang auf, nahm die Bettwäsche ab, lüftete die Matratze und bezog das Bett frisch. Mit einem wohligen Gefühl legte er sich schlafen.

Am nächsten Abend blieb er lange auf. Erst um drei ging er schlafen. Um fünf spürte er ihren scharfen Blick und wachte auf. Er war den ganzen Tag hundemüde, aber um neun machte er das Licht aus. Am Morgen war er ausgeschlafen, obwohl es noch früh war.

Seine Frau hatte das beste Essen der Welt gemacht. Meist vegetarisch. Er war zu faul zum Kochen und Backen gewesen. Jetzt hantierte er ungeschickt in der Küche und aß meist Fertiggerichte. Durch das Fenster kam ein Duft von frischer Gemüsesuppe, wie Irmela sie auch zubereitet hatte. Er war betrübt und fühlte sich hilflos. Sein Blick fiel auf ein Kochbuch, das sie häufig benutzt hatte. Er ging in einen Supermarkt, kaufte Gemüse und machte ein Ratatouille. Es schmeckte ihm.

Er ging ins Badezimmer, sah seine gelben Zähne im Spiegel und putzte sie fortan morgens und abends. Bald waren sie wieder weiß. Und gelegentlich benutzte er sogar die Zwischenzahnbürste. Das Foto von Irmela lächelte ihn an.

Er wechselte täglich die Unterhose und die Strümpfe, zog jeden Tag ein neues Hemd an, wusch die Wäsche, bevor der Wäschekorb zu voll wurde, trennte bunte und weiße Wäsche, staubsaugte regelmäßig die ganze Wohnung, auch in den Ecken und unter dem Bett, wischte die Böden, putzte Waschbecken und Klo und freute sich, wenn sein Zuhause sauber und ordentlich aussah.

Er wollte zu einer Prostituierten gehen. Im Bett hatten Irmela und er Spaß gehabt. Er schaute sich ein Nacktfoto von ihr an und bekam einen spontanen Orgasmus. Das war ihm schon lange nicht mehr passiert.

Da er nicht mehr arbeiten gehen musste, pachtete er einen Schrebergarten. Das hätte ihr auch gefallen, dachte er, während er das Vergissmeinnicht goss. Irmela hatte ihm immer welches zum Geburtstag geschenkt. Er weinte, weil sie die Gartenlandschaft nicht sehen konnte.

Er fand eine neue Freundin. Sie schätzte es, dass er immer gut gekleidet und sauber war. Bald zog sie mit in seine Wohnung ein. Sie mochte auch seinen Schrebergarten. Sie hatten eine schöne Zeit miteinander und fühlten sich frei. Irmelas Foto gab er jeden Morgen einen Kuss. Ihr Blick war liebevoll.

***

Das Gemälde

Ein Mann geht in die Pinakothek. Vor einem Gemälde aus dem 18. Jahrhundert bleibt er lange stehen. Es zeigt Fischerboote am Strand.

Sie sehen doch kaum was mit der Sonnenbrille, fasst sich die Museumswärterin ein Herz.

Ist das so wichtig, erwidert der Mann.

Ohne Ihre Brille könnten Sie viel mehr Details erkennen.

Ich bin auch so im Bilde.

Haben Sie denn empfindliche Augen?

Nein, ganz und gar nicht, aber das Licht blendet mich.

Das höre ich zum ersten Mal. Sonst beschweren sich die Besucher, es sei in der Pinakothek zu dunkel. Sie schwitzen ja.

Stimmt. Mir ist heiß.

Auch das ist mir neu. Sonst fragen mich die Besucher, ob ich die Heizung mehr aufdrehen kann, aber die alten Bilder vertragen keine hohen Temperaturen.

Also mir ist heiß.

Das sehe ich. Mir gefällt der Strand auch. Bestimmt ist der heute ganz zugebaut.

Nein, er liegt in einem Naturschutzgebiet in der Toskana. Da darf nicht gebaut werden.

Wird aber doch.

Nur ein bisschen.

Waren Sie denn schon mal da oder weswegen wissen Sie das so genau?

Nein, ich war noch nie in Italien, aber ich habe zufällig mal etwas gelesen über dieses Bild und den Ort, den es darstellt.

Es scheint Sie ja wirklich zu faszinieren.

Ich mag den Strand.

Der ist schön, ja.

Wissen Sie, ich habe kein Geld, um nach Italien zu fahren. Also komme ich in die Pinakothek und stelle mich vor dieses Strandbild. Das ist mein Urlaub.

Damals waren die Strände auch noch sauber.

Sie meinen im 18. Jahrhundert?

Genau. Sie sehen so rot im Gesicht aus. Haben Sie Bluthochdruck?

Sie wollen mir ja alle möglichen Krankheiten andichten. Seien Sie unbesorgt. Mir geht es gut.

Ein Gong ertönt. Es ist kurz vor sieben. Die Pinakothek schließt gleich. Der Mann nimmt seine Sonnenbrille ab. Um die Augen hat er weiße Ränder. Er bedankt sich für das Gespräch und geht.

Die Museumswärterin betrachtet das Bild. Endlich ist Feierabend, sagt sie sich. Sie spürt einen Luftzug an ihrem verschwitzten Uniformkragen.

***

Gewitterliebe

Das Gewitter umtanzt den Berg, berührt seine Flanke, küsst seine Spitze. Er beachtet es nicht. Gekränkte Blitze schlagen im Waldeshang ein. Reuige Regentränen löschen die Flammen. Enttäuscht zieht das Gewitter weiter. Der Berg nimmt keine Notiz.

***

Der Gläubige

Gott bestraft ihn, wenn er Böses tut. Geht er bei Rot über die Straße, bekommt er einen Strafzettel. Isst er zu schnell, bleibt der Fleischbrocken im Hals stecken. Denkt er an eine andere Frau, fällt er die Treppe hinunter. Führt er bei der Arbeit ein privates Telefongespräch, wird ihm gekündigt. Fährt er nach einem Glas Bier Auto, übersieht er den Lastwagen. Im Krankenhaus hängt ein Kreuz an der Wand. Er lässt es entfernen. Bald kann er wieder laufen.

***

Der Golddenker

Beim Kochen denke ich darüber nach, dass ich auch den Nachbargarten kaufen würde, wenn ich Geld hätte. Dann könnte ich einen Teich anlegen. Ich denke mir einen Sack Gold auf den Küchentisch. Am Anfang ist er klein, aber er wächst von Tag zu Tag. Der Nachbar verkauft nicht.

Der Sack Gold ist so groß geworden, dass ich nicht mehr in die Küche komme. Seit einer Woche esse ich auswärts. Als ich von einem Restaurantbesuch zurückkehre, steht eine Menschentraube vor dem Haus. Die Leute klauen mir den Hausschlüssel und nehmen das Gold mit.

Zwei Tage später klingelt es. Es ist mein Nachbar. Im Urlaub habe er mein Angebot überdacht. Das Gold ist weg, erwidere ich. Wir trinken Kaffee und werden Freunde. Ich koche italienische Nudeln. Er backt Obstkuchen. Es ist Spätsommer. Mario und ich sitzen in seinem Garten. Er isst gerade das dritte Stück Apfelkuchen. Ich habe keinen Appetit. Ich denke noch an den Sack Gold. Sein Teller fällt zu Boden. Ich blicke auf: Mario ist zu Gold erstarrt. Mea culpa.

Ich lasse Mario einschmelzen und kaufe der Witwe das Grundstück ab. Beim Notar lässt sie sich durch die Tochter vertreten. Helene ist Mitte zwanzig. Ich kannte sie bisher nicht. Das restliche Gold verwende ich für den Teichboden. Wenn ich die Frösche quaken höre, denke ich an Mario. Heute will mich seine

Tochter besuchen. In der Pfanne brutzelt bereits der Goldbarsch. In letzter Sekunde sagt sie ab. Ich esse allein.

Zwei Tage später meldet sie sich per Mail. Wir werden ein Paar. Die Flitterwochen wollen wir in Thailand verbringen. Meine Frau besteht auf einer Luxusreise. Im Flieger denke ich mir wieder einen Sack Gold. Er wird schwerer und schwerer. Wir stürzen ab. Ich allein überlebe.

Helenes Mutter zeigt mich bei der Polizei an. Ich komme ins Gefängnis. Damit ich meine Ruhe habe, denke ich den Mithäftlingen Goldsäcke. Sie glauben, in meinem Kopf sei noch viel mehr gelbes Edelmetall. Sie schneiden mir die Kehle durch.

Im Reich der Toten treffe ich Helene und Mario wieder. Und die Flugpassagiere. Sie haben mir alle verziehen. Ob ich ihnen nicht einen Sack Gold denken könne. Auch die Totenregierung bedient sich meiner Dienste. Mario, Helene und ich sitzen am schwarzen Teich und laben uns an schwarzen Trüffeln. Uns geht es gut.

***

Der Hausrotschwanz

Er ziepte und wippte auf dem Zaunpfahl. Das Weibchen war bewegt.
Er tat es den ganzen Frühling lang, bis von dannen flog die Brut.
Er wippte einsam auf dem Pfosten. Seine Kehle war verstummt.
Er nippte an der Lache Bier und glitt vom Zaun ins Katzenmaul.

***

Das Herz

Das Herz rutscht mir das Hosenbein hinunter. Es fällt auf den Kiesboden und kullert davon.

Ich schwöre ihm, ich höre mit dem Rauchen und dem Trinken auf, esse gesund, schwimme täglich eine Stunde. Atemlos plumpse ich auf die Parkbank.

Das Herz hüpft auf dem Rasen umher. Ein Hund bellt es an. Es bellt zurück. Er trollt sich. Das Herz lacht.

Ein Arzt schlendert vorbei. Ich kenne ihn aus der Kardiologenpraxis. Er hebt das Herz auf. Es erstarrt. Er steckt es in seine Kitteltasche. Es schreit um Hilfe. Er nimmt es mit.

In ein paar Stunden wird es in jemand anderem schlagen. Ich gebe die Hoffnung auf. Auch die guten Vorsätze. Bevor ich sterbe, will ich noch eine Zigarette rauchen. Mit letzter Kraft stecke ich sie mir an. Ich huste. Sie ekelt mich. Ich habe Lust auf einen Apfel. Ich will leben, schreie ich.

Freudig pocht das Herz in meiner Brust, als ich ins Freibecken eintauche.

***

Der Holzpalast

Wie seine Vorfahren baute der König ein Schloss aus Holz, das als der schönste Bau im ganzen Land galt. Der Monarch feierte dort herrschaftliche Feste, empfing hohe Staatsgäste und lud zum neuen Jahr Bewohner entfernter Bezirke zu einem Bankett ein. Als das beliebte Staatsoberhaupt starb, wurde es im großen Saal aufgebahrt. Nachdem die königliche Familie, der Hof und das Volk von ihm Abschied genommen hatten, verließen sie das Schloss. Der Kronprinz warf eine brennende Fackel in die Eingangshalle. Adelige und Bürger folgten seinem Beispiel. Von der Königsresidenz blieb nur ein Aschehaufen. Am Standort des alten baute der Prinz einen neuen Palast, der noch prachtvoller war als der seines Vaters. Im nach Holz duftenden Festsaal krönte die Königinwitwe den neuen König.

***

Horsd'œuvre

Die Fliege pausiert auf der klebrigen Zunge. Ich schlucke sie. Der Magen brummt.

***

Der Hund

Der Hund hat sich ins Treppenhaus geschlichen. Er läuft kläffend die Treppe rauf und runter. Man traut sich nicht aus der Wohnung. Ich wähle die Nummer des Tierheims. Beim Eintreffen des Hundefängers ist der Vierbeiner verschwunden. Kaum ist jener abgefahren, ist der Hund wieder da. Das Spiel setzt sich fort, bis das Tierheim die Geduld mit mir verliert.

Mit einem Luftgewehr betrete ich das Treppenhaus. Obwohl ich auch die Kellerräume genau durchsuche, finde ich den Hund nicht. Zurück in meiner Wohnung höre ich ihn wieder bellen. Er legt sich vor die Wohnungstür. Ich öffne sie behutsam. Er ist weg.

Ich gebe zu, solange er Krach schlägt, wagt sich kein ungebetener Besuch ins Haus. Nachts schlafe ich gut.

***

Ich schreibe

Ich schreibe eine Geschichte. Mir kommen Zweifel, ob ich die Anspielung auf *Stiller* von Max Frisch nicht hätte stehen lassen sollen. Ich gehe zum Bücherregal. Ich muss den *Stiller* verlegt haben. Im Internet entdecke ich unter dem Stichwort „Max Frisch" einen Satz aus *Mein Name sei Gantenbein*, der stattdessen in die Geschichte einfließt.

In einer halben Stunde kommt mein Sohn aus der Schule. Ich koche Spaghetti mit Bolognese-Soße. Obwohl ich keine Lust habe, setze ich mich um halb drei wieder an die Geschichte. Um sieben wird der Kurier des Verlegers kommen, um sie abzuholen. Frederik hat sich in sein Zimmer zurückgezogen. Zufällig schaue ich zum Bücherregal: Wo sonst der *Stiller* stand, steht jetzt der *Gantenbein*. Ich dachte, ich hätte letzteren verliehen. Hat Frederik ihn dort hingestellt?

Ich korrigiere hin und her, auch die Anspielung auf den *Stiller* füge ich statt des *Gantenbein*-Zitats wieder ein. Die Bolognese liegt mir im Magen. Während ich auf der Toilette sitze, höre ich Frederik in meinem Arbeitszimmer herumstöbern. Unsere Wege kreuzen sich an der Zimmertür. Der *Stiller* steht wieder im Regal.

Ich setze weitere literarische Anspielungen in die Geschichte. Allmählich gerate ich in Zeitnot. Plötzlich purzeln Bücher aus dem übervollen Regal.

Obwohl ich keine Zeit habe, nutze ich die Unterbrechung, um die Bücher ein wenig zu ordnen. Wieder am Computer erscheint mir mein Text flüssiger und runder, als ich zunächst gedacht hatte.

Ich beende meine Geschichte mit einem langen Satz à la Theodor Fontane. Er ist mein Lieblingsschriftsteller. Mit dem Fuß verheddere ich mich im Stromkabel und augenblicklich ist der Bildschirm schwarz. Beim Neustart fehlt der letzte Satz. Entnervt wende ich den Blick vom Fenster zum Regal: Meine Fontane-Werkausgabe ist verschwunden! Frederik streitet alles ab.

Ich habe jetzt keine Zeit mehr den Fontane zu suchen. Der Verleger wartet auf die Geschichte. Schließlich habe ich den Schlusssatz weitgehend rekonstruiert. Ich drucke die Geschichte aus. Es ist kurz vor sieben. Es klingelt an der Haustür. Zurück in meinem Zimmer lasse ich mich erleichtert auf den Bürostuhl fallen: Der Fontane steht wieder im Regal. Nur der Band *Frau Jenny Treibel* fehlt. Vielleicht liest Frederik ihn gerade.

***

Im Park

Hilde und ich unterhalten uns auf der Parkbank. Ein fremder Mann kommt vorbei. Meine Frau begrüßt ihn herzlich. Willst du mich nicht vorstellen, frage ich und stehe auf.

Wer sind Sie, fragt mich Hilde.

Ich bin dein Ehemann, sage ich.

Sie zeigt auf den Fremden und sagt: Das ist mein Mann.

***

Im Restaurant Zum Löwenhof

Im wiedereröffneten Restaurant Zum Löwenhof sitzt Oliver Huhn mit seiner Frau bei einem Rindersteak mit Bratkartoffeln. Er trinkt gerade sein drittes Weizenbier. Die Blase meldet sich. Er geht auf die Toilette, die sich jetzt im Keller befindet. Herr Huhn setzt sich in eine Kabine. Er hat leider nichts zu lesen mit. Sein Nachbar verbreitet ein Düftchen. Herr Huhn war als kleiner Junge mal im Zoo... Er hört ein Schnurren. Haustiere sind im Toilettenraum verboten, ruft er. Keine Reaktion. Wieder hört er ein Schnurren. Es muss wohl ein verirrter Kater sein. Wenn er nur etwas zu lesen hätte. Ob seine Frau schon auf ihn wartet? Wieder ein Schnurren und dann plötzlich ein Savannengebrüll, dass die Wände wackeln. So schnell hat Herr Huhn noch nie eine Toilette verlassen. Seine Hose hängt ihm noch in den Kniekehlen. Er stürmt die Treppe hoch, rennt aus dem Restaurant, wobei er mehrere Tische umwirft, und schließt sich in seinen BMW ein. Er ist kreidebleich, sein Herz rast.

Seine Frau hämmert gegen das Autofenster. Noch immer heftig zitternd, lässt er sie einsteigen und weint sich aus in Annelies Armen. Der Restaurantbesitzer Gianni Penna, die Kellner und einige Gäste stehen ratlos um das Auto herum. Als Herr Huhn sich etwas beruhigt hat, behauptet er, auf der Toilette sei ein Löwe. Keiner glaubt ihm.

Herrn Penna kommt die Panikattacke seines Gastes dennoch spanisch vor und er geht hinunter zur Herrentoilette, um die Sache in Augenschein zu nehmen. Er schaut in alle Kabinen. Der einzige Löwe hier prangt auf dem Restaurantemblem zwischen den beiden Spiegeln. Auf einmal nimmt Herr Penna einen vagen Katzengeruch wahr. Wieder durchsucht er den Toilettenraum. Keine Spur von irgendeinem Tier und sei es nur von einer Spinne.

Herr Penna hört ein Schnurren und schaut erneut auf das Emblem: Der Löwe sperrt das Maul auf und brüllt. Es klingt, als wäre er hinter einer dicken Glasscheibe. Deshalb hat man ihn oben im Restaurant nicht gehört. Der Löwe scheint hungrig zu sein. Herr Penna holt einen Filzstift aus der Tasche und malt ein großes Steak auf die Fliesen. Der Löwe schnappt sich das Fleisch. Nach dem siebten Steak ist er satt und legt sich in seine Ausgangsposition.

Der Restaurantbesitzer füttert ihn nun jeden Tag und hat die einsame Großkatze ins Herz geschlossen. Die Toilettenbesucher haben wieder ihre Ruhe. Nur Herr Huhn geht fortan zum Italiener am anderen Ende der Stadt, isst eine vegetarische Pizza und teilt sich ein alkoholfreies Bier mit seiner Frau.

***

Im Wäschekeller

Herr Müller ist mit seiner Frau in den Urlaub gefahren. Er hat vergessen, die Wäsche im Wäschekeller abzuhängen.

Das Unterhemd sagt: Ich könnte eine Abkühlung gebrauchen. Es ist so heiß hier.

Wem sagst du das, erwidert das bunte T-Shirt.

Außerdem drücken mich die Wäscheklammern. Was gäbe ich dafür, wenn der Müller zurückkäme und uns zusammenfaltete. Ein Königreich für einen kühlen Kleiderschrank.

Weißt du, wie lange sie weg sein werden?

Vielleicht drei Wochen.

Oh Gott. Bis dahin werden wir ganz eingestaubt sein.

Das Holzfällerhemd meldet sich. Es könne ein Liedchen singen.

Nicht schon wieder, murmelt das Unterhemd.

Das Hemd räuspert sich und schmettert ein Volkslied. Pfiffe sind zu hören. Der Wäschekorb ratscht auf dem Stuhl herum.

Was ist das? fragt das neugierig gewordene Unterhemd.

Hiphop, erwidert der Wäschekorb.

Mehr davon, sagt das T-Shirt.

Der Wäschekorb rasselt mit seinen Stäben. Die ganze Wäsche tanzt wie wild. Das Unterhemd ist verschwitzt. Das T-Shirt wickelt sich um die Leine. Das Hemd fällt auf den Boden. Der Schlüpfer macht sich vor Aufregung in den Zwickel. Der Wäschekeller feiert drei Wochen Party und alle sind selig.

Als Müllers aus dem Urlaub zurückkehren, fragt sie ihn: Wieso hast du denn dreckige Wäsche aufgehängt?

***

In Prenzlauer Berg

Ein etwa sechzigjähriger Mann spaziert auf der Schönhauser Allee. Er trägt einen Rucksack und hat ein Paar Latschen an. In einem Zeitungsladen kauft er eine Zeitung. Er setzt sich vor ein Café und trinkt eine Cola light. Während er die Zeitung liest, bestellt er noch ein Croissant. Die Krümel wischt er sich von der nackten Brust. Die Kellnerin fragt, ob er einen weiteren Wunsch habe. Er bezahlt und geht auf die Toilette. Der Mann verlässt das Café und die Schönhauser Allee. Er begegnet zwei zehnjährigen Jungen, die auf seinen nackten Pimmel zeigen und laut lachen. Der Mann kommt zum Arkonaplatz. Es ist Sonntag und Flohmarkt. In dem Gedränge fasst ihm jemand an das Gesäß und jemand anders zieht an seinem Geschlecht. Der Mann kauft ein antiquarisches Buch von einem ihm unbekannten Autor, setzt sich auf eine Bank und liest. Es ist ein erotischer Roman. Sein Penis wird steif. Der Mann klappt das Buch zu und geht zum Zionskirchplatz. Er schaut sich die nackten Wände in der Kirche an. Sie gefallen ihm. Draußen trifft er eine Freundin. Sie sagt: Du hast es gut. Zieh dich doch auch aus, sagt er. Sie zieht sich aus. Sie schlendern die Kastanienallee entlang, biegen in die Oderberger Straße und schauen sich einen Liebesfilm in der Kulturbrauerei an. In einem französischen Restaurant am Kollwitzplatz küssen sie sich. Er übernachtet bei ihr. Nach dem Frühstück nimmt er die Tram.

***

Das Klavier

Gilian ist kein Virtuose auf dem Klavier. Er ist Astronaut, aber wenn er nicht im Weltraum ist und eine freie Minute hat, spielt er auf seinem Instrument.

Sein Vorgesetzter sagt ihm, er sei zum Chefastronauten für eine Reise zum Planeten Miranja bestimmt worden. Er sei der beste und erfahrenste Mann im All. Seine Mannschaft und er würden drei Jahre unterwegs sein. Gilian sagt, so lange könne er nicht auf sein Klavier verzichten. Der Vorgesetzte fordert ihn auf, seine Haltung zu überdenken. Als Gilian erneut ablehnt, sucht der Vorgesetzte sich einen anderen Kandidaten aus.

Dieser erkrankt wenige Wochen vor dem Start. Der Vorgesetzte fragt Gilian ein drittes Mal, ob er die Miranjamission leiten wolle. Er hat ihm schon mal ein Smartphone mit aller verfügbaren Klaviermusik auf den Tisch gelegt. Der Astronaut beharrt auf seiner Leidenschaft. Der Vorgesetzte fragt ihn, ob er sich mit einem Keyboard zufrieden geben würde. Gilian verneint. Sie einigen sich schließlich auf ein kleines mechanisches Klavier. Die Ausrüstung für ein wichtiges Experiment muss ihm weichen.

Die Miranjarakete kann pünktlich starten. Ein kleiner Chor begleitet bald die Klänge des Klaviers und der Flug zum Miranja vergeht rascher als gedacht. Beim Landeanflug spielt Gilian *Roll over Beethoven*. Die restliche Crew singt den Text. Nach vier Monaten Arbeit und sonntäglichen Konzerten kehrt die Miranjamannschaft zur Erde zurück.

***

Der Klempner

Während Franco Rapanella gutgelaunt wartet, dass seine Frau Giuliana das Mittagessen zubereitet, erklärt er seinem Schwiegersohn in spe, wie der Hotelmanager ihm heute Morgen persönlich die Hand geschüttelt hat: Seit genau 25 Jahren hat Franco die Stellung des Klempners im Danieli inne, dem elegantesten und ehrwürdigsten Hotel von Venedig. Vor einiger Zeit sind alle Armaturen und Rohre grundüberholt worden. Trotzdem trägt Franco das Smartphone Tag und Nacht bei sich, falls doch mal ein Abflussrohr verstopft ist. Den Werkzeugkasten, mit dem er schon viel erlebt hat, bewahrt er in der winzigen *officina* hinter der Hotelküche auf. Die ganze Kalt- und Warmwasserversorgung des Danieli ist eben italienische Wertarbeit, auch wenn die deutschen Hotelgäste das immer wieder in Frage stellen. Das bringt ihn jedes Mal in Rage. Der Turm von Pisa, erklärt er ihnen, möge zwar schief sein, aber sei es nicht eine großartige Leistung der italienischen Ingenieurskunst, ihn seit über 800 Jahren in dieser Position zu halten?

Wenn er wie jetzt dem Verlobten seiner Tochter selbstzufrieden auf das Handgelenk klopft, kann nichts sein Wohlgefühl trüben. So Gott will, darf er auch bald seine Enkelkinder über den Markusplatz führen und mit ihnen auf den Campanile fahren, der im Jahre 1900 zwar so schändlich zusammengefallen ist, den die Venezianer aber in Windeseile wieder aufgebaut haben und der bestimmt noch in den Himmel der Lagunenstadt ragen wird, wenn an der Stelle des Brandenburger Tors längst ein Hochhaus steht.

Während Giuliana noch immer in der Küche hantiert, erzählt Franco seinem zukünftigen Schwiegersohn, der in Padua eine Doktorarbeit zur Geschichte der Serenissima schreibt, von seinem Hobby: Er interessiert sich ebenfalls ein bisschen für venezianische Geschichte und insbesondere für die historischen Seeschlachten. Da bieten ihm die Bilder von türkisch-venezianischen Seegefechten in den Gästezimmern des Danieli bestes Anschauungsmaterial. Er könnte stundenlang vor so einem Bild stehen, um zu prüfen, ob der Künstler auch historisch korrekt gemalt hat.

Da steht die Pasta auf dem Tisch. Das Smartphone schrillt. Ausgerechnet jetzt. Es ist der Hotelmanager persönlich. Wo er stecke? Es sei ein Notfall. Mit knurrendem Magen läuft Franco los.

Im Hotel angekommen, schnappt er sich den Werkzeugkasten und fährt umgehend in den 3. Stock, wo der Wasserschaden aufgetreten ist. Im Korridor ist der Boden feucht. Franco ahnt Schlimmes. Vor dem Zimmer 317 beruhigt der rotgesichtige Hotelmanager gerade einen aufgebrachten deutschen Gast, dessen Koffer durchtränkt sind. Im Zimmer watet Franco durch Zentimeter hohes Wasser. Der Manager hat die Tür hinter ihnen geschlossen und deutet wutschnaubend auf die klitschnasse Wand. Dort hängt ein Bild, das Franco besonders mag, weil der Maler die dramatische Auseinandersetzung auf dem Meer auf ganz ungewöhnliche Weise mit einem tiefblauen, friedlichen Himmel kontrastiert hat, aber im Moment kann Franco die dargestellte Szene nicht wirklich würdigen. Er findet dummerweise seine Brille nicht. Für Kunstbetrachtungen sei jetzt keine Zeit, schreit der Manager, Franco solle lieber endlich die Wasserzufuhr abstellen.

Hinter dieser Wand verläuft kein Rohr, sagt Franco, jetzt wieder ganz ruhig.

Wenn Sie nicht umgehend eine Lösung für dieses Wasserproblem finden, können Sie von mir aus Klempner in der Sahara werden, brüllt der Manager.

Franco fährt mit dem Finger über die feuchte Wand. Er leckt ihn mit der Zunge an. Franco nickt zufrieden, hat auch seine Brille wiedergefunden, betrachtet das Gemälde jetzt eingehender, nimmt es dann ab und hängt es verkehrt herum wieder an seinen Platz.

Vorläufig ist das Problem gelöst, erklärt der Klempner und rückt seine Brille zurecht, aber die Beseitigung der Wasserschäden wird noch ein bisschen Zeit in Anspruch nehmen.

Der Manager atmet immer noch schwer. Wortlos verlässt er das Zimmer.

***

Königin Siglinde

In einem Königreich lebt zu Anfang des 20. Jahrhunderts König Hubertus V., der sich in einen Mann verliebt und ihn heiratet: Fritz nennt sich fortan Siglinde. Das Volk freut sich, dass sein Herrscher endlich eine Frau gefunden hat und wünscht sich einen Thronfolger. Lange Zeit passiert nichts, bis der König mit Siglindes Schwester Wilhelmine eine Nacht verbringt. Siglinde schnallt sich eine Bauchattrappe um. Nach neun Monaten kommt eine Tochter zur Welt. Wilhelmine erhält zum Dank für ihre Dienste ein kleines Schloss auf dem Land. Siglinde ist eine liebevolle Mutter. Das Volk ist erfreut über den königlichen Nachwuchs, hätte aber auch gerne einen Prinzen. Eine ganze Weile geschieht nichts. Dann besucht der König Wilhelmine in ihrem Schloss. Sie verlangt, dass auch sie im königlichen Palast wohnen dürfe, weil sie sich auf dem Land langweile und außerdem bei ihren Kindern sein wolle. Wieder gebiert sie eine Tochter. Siglinde und ihre Schwester kümmern sich um ihre Kinder. Das Volk fordert einen männlichen Thronfolger. Wilhelmine will so schnell kein drittes Kind. Siglinde auch nicht. Schließlich kann der König sie überreden, doch Wilhelmine will Königin sein, wenn es ein Junge wird. Es ist ein Junge. Das Volk jubelt. Siglinde lässt sich scheiden. Der König heiratet ihre Schwester. Die abgedankte Königin zieht in das kleine Schloss auf dem Land. Das Volk ist traurig, denn es hat Siglinde ins Herz geschlossen.

Mit Protestmärschen wird ihre Rückkehr gefordert. Der König zögert, aber schließlich fährt er zu ihr und will sie um Vergebung bitten. Am Parkeingang trifft er einen bärtigen Gärtner. Der König fragt ihn nach Siglinde. Sie sei gestorben, erwidert der Gärtner augenzwinkernd. Sie fallen sich in die Arme. In der Hauptstadt steckt der Mob den Königspalast in Brand. Wilhelmine und die Kinder können sich retten. Hubertus und Fritz fliehen ins Ausland. Das Volk ruft die Republik aus.

***

Das Lächeln des Königs

eins

König Dietrich III. zeigte jedem seiner Besucher ein sanftes, gütiges Lächeln, dem feindseligen Herrscher des Nachbarlandes ebenso wie dem korrupten Minister, der schönen Schauspielerin, die sich aus Publicitygründen mit ihm ablichten lassen wollte, wie dem kleinen Mädchen, dessen Vater nach fünf Tagen aus einer eingestürzten Kohlengrube gerettet worden war. Man sagte dem königlichen Lächeln große Kraft nach: Der Herrscher des Nachbarlandes zog seine Truppen von der Grenze ab, der Minister trat zurück, die Schauspielerin stellte ihr Theater auch anderen Gruppen zur Verfügung und das Mädchen hörte auf zu weinen.

Dem König selbst kam sein Lächeln gekünstelt vor und er wusste nur zu gut, dass es bestenfalls einen erfolgreichen Schlusspunkt setzte. Die eigentliche Arbeit leisteten andere, die Mitglieder seiner Regierung, die bis auf wenige Ausnahmen tüchtig und zuverlässig waren. Und wie oft hatte sein Lächeln nicht das Geringste bewirkt. Die Menschen aber registrierten nur seine seltenen (und vielleicht nur scheinbaren) Erfolge und deswegen liebten und verehrten sie ihn.

Der schönste Moment des Tages war für Dietrich gekommen, wenn er vor dem Schlafengehen am Kamin sitzen und ein Buch lesen konnte. Er kannte sich in der Welt der Romane, Kurzgeschichten, Gedichte, Aphorismen und Essays gut aus, aber er konnte mit niemandem darüber reden, denn eine Unterhaltung über Literatur ziemte sich nicht für einen König. Er dachte an die Zeit, als er noch ein Prinz gewesen war, der tun und lassen konnte, was er wollte, und sich beim Stöbern in den zahlreichen Antiquariaten der Altstadt mit wenig Geld eine ansehnliche Bibliothek aufgebaut hatte. Wenn sein Terminkalender nicht so voll wäre, hätte er der Lektüre gerne noch mehr Zeit gewidmet. Beim Lesen fühlte er sich als Bürger. Diese Rolle gefiel ihm. In seinen Augen entsprach sie ihm viel mehr als die Position, in die er hineingeboren worden war. Ein Präsident hätte genauso viel Würde wie ein Monarch, sagte sich der König, aber die Menschen sahen das anders. Wenn er sich andererseits vorstellte, dass dieser Intrigant Rieschnieffel, der Innenminister, Präsident sein sollte, war Dietrich froh, dass er der König war. Rieschnieffel sagte man große Ambitionen nach. Er war nur aus dem Grund gegen die Monarchie eingestellt, weil er selbst Staatsoberhaupt sein wollte. Nach außen hin gab er sich allerdings loyal und er war außerdem ein mächtiger Strippenzieher, so dass es nicht leicht gewesen wäre, ihn loszuwerden.

Ein Diener trat herein und reichte dem König ein Billet auf einem Tablett. Es war von Schallheim, dem Ministerpräsidenten. Er schrieb:

Ich habe in Erfahrung bringen können, dass Rieschnieffel bei einer geschlossenen Parteiversammlung in seinem Wahlkreis Eure Majestät als „Seelenklempner mit Messingkrone" bezeichnet hat. Er hat sich also aus der Deckung gewagt und einen Fehler begangen. Vielleicht können wir ihn jetzt wegen Majestätsbeleidigung aus dem Amt jagen. Ich ersuche Eure Hoheit für morgen früh um ein Treffen unter vier Augen.

Der König gab dem Diener seinerseits ein Billet, er werde um acht Uhr in Schallheims Büro sein. Der Diener verließ den Raum.

Zum Glück war auf Schallheim Verlass, dachte der König im ersten Moment. Seit vielen Jahren wusste der Ministerpräsident mit größter Geschicklichkeit alle Fallen, die dem König gestellt wurden, unschädlich zu machen. Dennoch beschlichen ihn Zweifel, denn nicht nur war der alte Schallheim dem jüngeren und agileren Innenminister vielleicht nicht mehr gewachsen, sondern der König spürte nur allzu schmerzlich, dass Rieschnieffel mit seinem Ausdruck ins Schwarze getroffen hatte: Dietrich konnte zwar ein liebes Onkellächeln vorzeigen, aber wirkliche Macht besaß er nicht. Die Fäden zog Schallheim. Der König fühlte sich beengt, eingeschlossen, angekettet. Eine große Unruhe hatte ihn befallen. Er ging im Zimmer auf und ab und hatte diese ganzen Machtspielchen gründlich satt. Sollten sie sich doch alle zum Teufel scheren.

zwei

Hinter dem Palast liegt ein Park. Der König hat nur eine dünne Jacke an und in dieser Jahreszeit ist es nachts noch kalt, aber die Kellertür ist hinter ihm ins Schloss gefallen und er kann nicht zurück. Was hat er für einen dämlichen Einfall gehabt, sich zu dieser Nachtzeit … Er stolpert über eine Baumwurzel und reißt sich die Hose auf. Er flucht.

Der Monarch hat die Altstadt lange nicht mehr betreten, dabei liegt sie vor seiner Palasttür. Wo Dietrich früher endlos in staubigen Antiquariaten gestöbert hat, befinden sich jetzt Modegeschäfte, Juweliere und Parfümerien. Der König ist entsetzt.

Er geht in eine Kneipe und bestellt ein Bier. Es sind nur noch wenige Gäste da. Nach dem dritten Glas fühlt er sich besser. Niemand hat ihn erkannt. Niemand scheint sich für ihn zu interessieren. Auch seine zerrissene Hose ist keinem aufgefallen. Die Wirtin schaut in seine Richtung. Sie raucht eine Zigarette, hat ein rundes Gesicht und lächelt ihn an. Er wird rot. Die Wirtin fragt ihn: Willste noch'n Bier?

Ich danke Ihnen, aber drei sind vorerst genug.

Was verirrt sich denn so ein feiner Pinkel wie du in unsere Gegend?

Ich bin nur zufällig hier vorbeigekommen. Ich war das letzte Mal vor langer Zeit in der Altstadt.

Das heißt, du warst einer von uns?

Nicht ganz.

Komm, erzähl keinen Mist. Du warst einer von uns, bist nach Übersee gegangen, hast mächtig Kohle gemacht und bist jetzt auf Urlaub in der alten Heimat.

Nicht ganz.

Sag nicht immer „nicht ganz". Das ist ja schrecklich.

Es tut mir leid.

Du bist ja ein Kerl. Entschuldigst dich auch noch. Du bist süß. Wie heißt du eigentlich?

Dem König fällt nichts anderes ein, als seinen Namen zu nennen.

Du hast ja den gleichen Namen wie unser König. Gott schenke ihm ein langes Leben.

Und wie heißen Sie?

Hör endlich mit dem Sie auf. Das ist ja nicht zum Aushalten.

Da, wo ich herkomme, sagt man Du nur zu den engsten Freunden, also zu praktisch niemandem.

Dann bin ich jetzt deine allerbeste Freundin. Und ich heiße Helene.

Das ist ein schöner Name.

Meine Mutter hat mich nach der Urgroßmutter des Königs benannt.

Lesen Sie… liest du gerne Bücher?

Nicht unbedingt. Sind mir zu schwierig. Wieso?

Früher gab es hier viele Antiquariate.

Stimmt. Die sind alle verschwunden. Bis auf eins, aber das schließt auch gerade.

Wo ist es, fragt der König aufgeregt.

In der Schützenstraße.

Das ist ja gleich hier um die Ecke, nicht wahr?

Genau. Du scheinst dich ja auszukennen.

Und heißt es immer noch Café Dante?

Das Café zum Buchladen gibt es schon lange nicht mehr, aber der Name ist geblieben.

Ich muss es mir gleich anschauen.

Aber es hat doch zu. Es ist mitten in der Nacht. Ich schließe auch bald.

Ich muss es mir trotzdem ansehen.

Tu, was du nicht lassen kannst.

Ich danke dir.

Der König merkt, dass er kein Geld dabei hat. Es ist ihm peinlich.

Das geht aufs Haus, sagt Helene.

Nein, das kann ich nicht akzeptieren.

Raus mit dir. Ich schließe.

Der König verlässt die Kneipe. Er freut sich insgeheim, dass Helene ihn wie einen normalen Menschen behandelt hat. Wenn sie eine Adelige wäre, hielte er um ihre Hand an, denkt er. Er biegt um die Ecke und ist in der Schützenstraße. Dort an der Ecke steht das Café Dante. Hier hat er damals einen Nachdruck einer berühmten literarischen Zeitschrift aus dem 19. Jahrhundert gekauft. Er hat sie nie gelesen, aber sie ist eins der Prunkstücke seiner Bibliothek. Er stellt sich vor das Schaufenster, auf dem in großen Lettern „Wir schließen. 75% auf alle Bücher" steht. Der König drückt auf die Türklinke. Die Tür ist nicht abgeschlossen. Er tritt ein und macht das Licht an. Hier fühlt er sich zu Hause. Er stöbert die ganze Nacht in den Bücherkisten, bis im Morgengrauen ein Polizist das Licht im Buchladen bemerkt und den Einbrecher auf die Wache führt.

drei

Am Morgen entdeckte der Diener des Königs, dass sein Herr verschwunden war. Der Palast geriet in Aufregung. Man glaubte an eine Entführung, da man an einer Baumwurzel im Park Blutspuren gefunden hatte. Der persönliche Sekretär des Königs, ein Anhänger Rieschnieffels, alarmierte sofort den Innenminister. Etwas Besseres hätte mir nicht passieren können, dachte dieser und rieb sich die Hände. Bevor der König wieder auftaucht, muss ich Fakten schaffen. Er informierte den Polizeipräsidenten, der damit rechnete, Rieschnieffels Nachfolger zu werden: Die Untersuchung des Falles müsse mit der gebotenen Dringlichkeit behandelt, d.h. es solle nur scheinbar nach dem König gefahndet werden.

Der Pressesprecher des Königspalastes, dem der zukünftige Präsident ebenfalls einen wichtigen Posten und vor allem eine große Villa vor den Toren der Stadt versprochen hatte – die Frau des Pressesprechers hatte vor einem Monat ihr sechstes Kind geboren –, gab eine Pressemitteilung heraus: Der König fühle sich nicht wohl und werde an diesem Tag keinen Besuch empfangen. Die Mitteilung gelangte auf den Schreibtisch des persönlichen Referenten des Ministerpräsidenten, der sie Schallheim zeigte. Dieser sagte mit einer leichten Ironie, es komme öfters vor, dass der König unpässlich sei. Meistens heiße das, er wolle ungestört lesen. Der Referent lachte und informierte den Innenminister, Schallheim habe keinen Verdacht geschöpft. Rieschnieffel war sich jetzt sicher, dass sein Plan aufgegangen war und er nun genügend Zeit hatte, um sein Hauptziel zu erreichen. Er rief den Verteidigungsminister an, einen alten Saufkumpan, und bat ihn, einen Zwischenfall an der Grenze zu arrangieren, den man dem Herrscher des Nachbarlandes in die Schuhe schieben würde. Die dadurch ausgelöste allgemeine Empörung würde Rieschnieffel als Vorwand dienen, um das Ende der Monarchie herbeizuführen und sich selbst zum Präsidenten der Republik zu erklären.

In seiner Zelle hat der König bis in den Nachmittag geschlafen. Als er aufwacht, tut ihm der Rücken weh. Zu seinem eigenen Erstaunen hat er keine Angst. Er könnte jederzeit den Wärter rufen und das Missverständnis aufklären, denkt er, aber er will sehen, wie er sich, auch ohne sich auf seine Stellung zu beziehen, aus dieser misslichen Lage befreien kann. Es vergehen mehrere Stunden, ohne dass etwas passiert. Er würde gern lesen, hat aber kein Buch dabei. Als die Sonne untergeht und auch die Zelle im Dunkeln bleibt, weil die Neonröhre an der Decke offenbar defekt ist, wird es dem König doch etwas mulmig. Er ist es nicht gewohnt, um etwas zu bitten, aber schließlich ruft er nach dem Wärter, der ihm etwas zu essen und zu trinken bringt, aber keineswegs gewillt ist, ihm zuzuhören. Dem König wird allmählich kalt.

Erst als es nach seiner Schätzung weit nach Mitternacht ist, wird die Zellentür nebenan geöffnet. Offenbar schließt der Wärter gerade mehrere, betrunkene Frauen ein. Sie machen einen entsetzlichen Lärm. Dietrich hält sich die Ohren, kneift auch die Augen zu und spricht ganz leise, er werde Schallheim nie wieder widersprechen, wenn er ihn augenblicklich aus dieser Hölle heraushole. Plötzlich ist es still geworden. Der König nimmt die Hände von den Ohren, macht auch die Augen wieder auf. Ein tosendes Gelächter lässt ihn zusammenfahren. Beunruhigt durch das Brummeln des Gefangenen leuchtet der Wärter mit einer Taschenlampe durch das Gitter, das die beiden Zellen miteinander verbindet. Um ihn herum drängeln sich die Frauen, die wissen wollen, was in der Nachbarzelle los ist. Sie können sich kaum halten vor Lachen über diesen ulkigen Kauz mit dem zerrissenen Hosenbein, der sich zutiefst gedemütigt fühlt und mit starrem, entsetztem Blick auf sie schaut. Er wird diesen Augenblick nie vergessen, denkt er. Wenn er nicht ein König wäre, würde er hemmungslos weinen oder wild um sich schlagen.

Plötzlich ruft eine Frauenstimme: Mein Gott, Dietrich, was machst du hier?

Es ist Helene. Sein Herz zittert. Er fühlt sich, als ob er sich nackt im Fernsehen zeigen müsse, aber gerade diese Vorstellung gibt ihm seine Haltung zurück. Er zwingt sich zu einem Lächeln und fragt: Wie geht es dir?

Ihr scheint euch ja zu kennen, sagt der Wärter, dann braucht ihr auch kein Licht mehr. Er verlässt die Frauenzelle und schließt hinter sich ab.

Der König nähert sich dem Gitter. Helene streckt einen Finger zu ihm herüber und berührt seine Wange. Sie sprechen die ganze Nacht miteinander.

Schallheim befreite den König am nächsten Vormittag persönlich aus seiner Zelle. Dietrich zeigte sich wenig dankbar gegenüber seinem Retter. Der König gründete einen Literaturzirkel, der sich stundenlang über eine Gedichtzeile streiten konnte, und traf sich heimlich mit Helene. Als diese Tatsachen publik wurden, reichte Schallheim seinen Rücktritt ein. Das Lächeln des Königs hatte viel Wärme hinzugewonnen, schien den Menschen aber nicht mehr jenes Lächeln zu sein, an das sie gewohnt waren. Die Anhänger der Republik fanden immer mehr Zulauf. Als Dietrich III. wenig später ohne legitime Nachkommen starb, erklärte der ehrgeizige neue Ministerpräsident, er werde eine Volksabstimmung zur Einführung der Republik anberaumen.

***

Der lästige Besuch

Vor seinem Eintreffen bekam die Dusche Hitzewallungen, das Waschbecken Nasenbluten. Die Toilette spülte ihren Ärger mit Wasser herunter. Das Bügeleisen zischte. Die Bluse war geplättet.

Das Fenster klapperte vor Schreck, als er schließlich anrückte. Die Treppe fühlte sich betreten. Die Heizung wollte streiken. Der Kühlschrank zitterte vor Angst, der Kochtopf quoll über vor Empörung, der Backofen explodierte beinahe vor Wut.

Das Essen war fertig, mit den Nerven. Die gebratene Ente entfloh durch den Kamin. Dieser paffte eine nach der anderen. Das Weinglas kippte in Ohnmacht. Die Tischdecke lief rot an. Die Teller hatten schon einen Knacks. Messer und Gabel gerieten aneinander. Die rote Grütze war sauer, der Kaffee verbittert.

Das entspannte Sofa bat den Besuch ins Wohnzimmer. Das Bild an der Wand blickte ihn schief an. Auch der Fernseher sah schwarz. Die Bücher im Regal hielten sich die Deckel zu. Die unbeachtete Tageszeitung spielte die Beleidigte. Die Zimmerpflanze pflegte ungerührt ihre grünen Marotten.

Als endlich der Besuch das Haus verließ, quietschte die Tür vor Vergnügen und fiel selig ins Schloss.

***

Die Leselampe

Der Leser las viel. Las er ein trauriges Werk, weinte die Leselampe ihm den Sessel nass; las der Leser eine Komödie, bog sich der Lampenschirm vor Lachen. Las er einen aufregenden Thriller, ließ die Lampe sich nicht ausknipsen, bis er zu Ende gelesen hatte. Las er einen Donna Leon, schaltete sie sich aus, bis er einen besseren Krimi in die Hand nahm. Las er etwas Modernes, erhellte sie den ganzen Raum; las er einen Klassiker, schaltete sie auf Kerzenmodus. Las er einen guten Roman, leuchtete sie selbst bei Stromausfall; las er einen schlechten, hatte sie einen Wackelkontakt. Las er Unterhaltungsliteratur, kippte sie sein Weinglas um; las er anspruchsvolle Literatur, rückte sie das Glas weg, damit er sich konzentriere. Las er ein Sachbuch, wandte sie sich gelangweilt ab; las er Belletristik, wich sie ihm nicht von der Seite. Bei Jane Austen schmolz sie dahin, beim *Kamasutra* brannte die Sicherung durch, beim *Malteser Falken* platzte die Birne. Hatte er die letzte Seite gelesen und legte sich schlafen, leerte sie das Weinglas und knipste sich aus.

***

Liebeskummer

Ich suche sie seit Wochen. Sie steht nicht im Regal. Auch auf der Kommode liegt sie nicht oder auf dem flachen Tisch vor dem Sofa. Sicherlich hat mein Herr sie weggegeben in ein Antiquariat und ich werde sie nie wiedersehen. Ohne sie ist mein Leben sinnlos. Ich werde meinem Herrn zu verstehen geben, dass er mich in die Altpapiertonne werfen soll. Wenn ich an all die schönen Jahre seit meinem Druck zurückdenke, wird das Herz mir unendlich schwer.

Ich bin lexuell immer leicht erregbar gewesen und habe oft einen Leseorgasmus nach dem anderen gehabt. Ich bin sehr belexen, aber ich habe nur ein Buch wirklich geliebt: *Emma*. Bei ihr fand ich immer neue Stellen, die ich noch nicht kannte oder wiederentdeckte. Ihre Seiten waren schon ganz zerlexen. Einmal riss bei mir eine ganze Seite aus, weil sie mich so gefesselt hatte. (Der Buchbinder klebte sie wieder ein.) Manchmal stand ich Seite an Seite mit *Emma* im Regal und wir konnten kaum an uns halten. Einmal sind wir tatsächlich vor Erregung vom Regalbrett gefallen und haben auf dem Sofa bis zum letzten Satz miteinander gelumst. Seitdem *Emma* weg ist, werden meine Seiten nicht mehr steif. Ich verspüre keine Leselust mehr und lebe in der Vergangenheit.

Ich habe sehr unterschiedliche Partnerinnen gehabt. Mal einen dicken Schinken, bei dem es ewig dauerte, bis ich zum Höhepunkt kam, mal nur ein dürres

Büchlein, das kaum Lexappeal besaß. Hatte ich Lex mit einem Sachbuch, ging alles nach Plan und streng wissenschaftlich zu. Es gab seltene, unvergessene Ausnahmen: Einmal habe ich hintereinander alle 12 Bände von Churchills Memoiren flach gelest.

Am meisten habe ich die klassischen Romane geliebt. Auch die *Ilias* von Homer war trotz ihres hohen Alters noch eine heiße Nummer. Sie stöhnte so wollüstig, wenn sie einen ihrer multiplen Höhepunkte erreichte, dass die modernen Romane blass vor Neid wurden. Diese werden zwar als große Lexbomben angepriesen, tragen die allerschrillsten Cover, aber wenn es zum Leseverkehr kam, entpuppten sie sich oft als hohle Schwätzerinnen, die ich einmal lögelte und sofort wieder vergaß. Manchmal habe ich bei zeitgenössischer Seteratur trotzdem angenehme Überraschungen erlebt. Ich denke gerne daran zurück, wie ich es vor einigen Jahren auf der Sonnenterrasse eines kanarischen Hotels mit den *Korrekturen* von Jonathan Franzen getrieben habe. Wir waren so ineinander vertieft, dass wir die Zeit vergaßen und uns einen heftigen Sonnenbrand holten. Ebenso unvergessen ist die bretonische Nachtsektüre mit Bolaños *2666*, während es draußen blitzte und donnerte. Erst beim Morgengrauen fielen wir ermattet, aber glücklich auf unsere Kissen und sahen die ersten zaghaften Sonnenstrahlen hinter den schwarzen Wolken hervorlugen.

Ich habe Ihnen fast all meine Lexgeheimnisse verraten und Sie möchten sicherlich noch erfahren, wer ich nun eigentlich bin. In gewisser Weise besitze ich eine multiple Persönlichkeit. Das ist bei uns Büchern nichts Ungewöhnliches, doch ohne meine geliebte *Emma* bin ich nur noch ein halbes Buch.

Jemand klingelt an der Haustür. Es ist eine gute Freundin meines Herrn. Sie hat eine Baumwolltasche dabei und holt ein Buch hervor, das er ihr ausgeliehen hat: *Emma*! *Emma*! schreie ich, weil ich mein Glück nicht fassen kann.

***

Marco und Francesco

Marco war gerade 15 geworden, als italienische Neofaschisten am 2. August 1980 den Wartesaal des Hauptbahnhofs von Bologna in die Luft sprengten. 85 Menschen starben, über 200 wurden verletzt. Marco lebte in Vicenza, 160 km weiter nördlich. Er kannte niemanden, der sich auf der Durchreise in Bologna befunden hatte, er war auch lange Zeit nicht mehr dort gewesen, trotzdem traf ihn die Nachricht wie ein Messerstich ins Herz. Er schaute sich alle Sondersendungen im Fernsehen an und war außer sich vor Wut, Empörung und Trauer. Er wollte nach Bologna fahren, bei der Bergung der Opfer und der Verletzten, beim Aufräumen der Trümmerteile helfen, bei der nationalen Trauerkundgebung auf der Piazza Maggiore dabei sein. Marcos Vater untersagte ihm die Reise als zu gefährlich. Jener nannte seinen Vater daraufhin einen Komplizen der Attentäter. Der Vater gab ihm eine Ohrfeige. Marco knallte die Wohnungstür hinter sich zu und irrte die ganze Nacht durch Vicenza. Die Bahnverbindung nach Bologna war wegen des Anschlags unterbrochen, aber Marco hätte es wohl auch sonst nicht gewagt, dem Verbot seines Vaters zu trotzen. Am Morgen kehrte er nach Hause zurück und Vater, Mutter und Sohn taten so, als sei nichts geschehen.

Marco hatte im Sommer 1980 mit guten Noten die zweite Klasse des Liceo absolviert. Für sein Alter war er ein reifer junger Mann. Mitte September fing die Schule wieder an. Seit dem Anschlag in Bologna bestand die Welt für Marco aus Faschisten und Antifaschisten, aus Schwarzen und Roten. Er las regelmäßig die linke Tageszeitung il manifesto. Seinem Italienischlehrer fiel auf, wie verkrampft Marcos Wortmeldungen im Unterricht geworden waren. Der Lehrer fragte ihn, ob er etwas für ihn tun könne. Marco erwiderte, es gehe ihm gut.

Er verstand nicht, wie schnell in der Schule nach der Empörung über die faschistischen Attentäter wieder Normalität eingekehrt war. Er dachte, die Solidarität mit Bologna, mit der Stadt, die von 1943 bis 1945 heroisch gegen die Nazifaschisten gekämpft hatte und der die Neofaschisten jetzt auf so feige Art in den Rücken geschossen hatten, dass diese Solidarität Monate und Jahre anhielte und jeder Schüler und jede Schülerin sich so intensiv damit auseinandersetzen müsse wie er, der jeden Schnipsel aus il manifesto über den 2. August in einem Ordner aufbewahrte.

Vor den Sommerferien hatte Marco eine Freundin gehabt. Nach dem 2. August, dem Tag des Anschlags, war die Beziehung auseinandergegangen. Wegen ideologischer Differenzen, sagte Marco zu seinem besten Freund Francesco. Als dieser Genaueres wissen wollte, blockte Marco ab. Sie kannten sich seit dem Kindergarten. Beide gingen in dieselbe Klasse. Francesco versuchte, Marco zum Anschluss an seine ausgedehnte Clique zu bewegen, doch schon vor dem Sommer war Marco ein Einzelgänger gewesen.

Francesco sagte seinem Freund, du predigst die Solidarität, doch du bist nur für dich, du siehst nur noch den Anschlag. Das Leben geht weiter. Öffne deine Augen. Du hattest eine tolle Freundin. Wieso hast du sie verlassen? Wegen ideologischer Differenzen? Dass ich nicht lache. Sie wollte nicht nach deiner Pfeife tanzen. Zwei Monate redete Marco nicht mehr mit Francesco.

Als die Mutter Marcos Zimmer vom wochenalten Sommerstaub befreite, fiel der Zeitungsordner zu Boden und die zahlreichen Artikel gerieten durcheinander. Marco regte sich furchtbar auf, sie solle sein Zimmer nie wieder betreten. Sie weinte. Es war unfassbar, wie sich ihr Sohn verändert hatte, wie die Vorstellung eines bevorstehenden Bürgerkrieges zwischen Antifaschisten und Faschisten sein Denken prägte. Sie verstand nicht viel von Politik. Es war sicher eine schwierige Zeit für Italien. Vor zwei Jahren hatten die Roten Brigaden den Vorsitzenden der Democrazia Cristiana, Aldo Moro, entführt und ermordet, aber trotz allem ging das Leben in Vicenza und anderswo seinen gewohnten Gang. Die Menschen vergnügten sich, im Sommer kamen die ausländischen Touristen nach Rimini, Florenz, Venedig, Rom. Der Anschlag in Bologna war schlimm gewesen. Vielleicht hatten die Neofaschisten in der Sommerzeit zugeschlagen, um den Tourismus zu treffen, um die Wirtschaft in die Knie zu zwingen, damit dann in dem darauffolgenden Chaos jener autoritäre Staat entstehe, den sie erstrebten. Wir leben, dachte

Marcos Mutter, in einem friedlichen Europa, da wird der Plan der Terroristen nicht aufgehen. Wir befinden uns nicht mehr im Krieg. Es wird auch keinen Krieg mehr geben. Wenn sie auch kein großes Vertrauen in die italienische Politik hegte, waren die Politiker, auch auf europäischer Ebene, dennoch nicht mehr so dumm wie vor 50 Jahren und den Menschen ging es gut. Menschen mit vollem Magen kochen keine Revolutionsgerichte, hoffte sie. Vielleicht täuschte sie sich. Vielleicht sah sie die schwarzen Wolken am Horizont nicht. Vielleicht ging es ihr und ihrer Familie gut und den anderen nicht, aber trotzdem schien ihr Marcos Idee eines Bürgerkrieges weit hergeholt. Sie hätte ihn gerne in die Arme genommen, aber er ließ sich nicht mehr anfassen, er war ganz steif geworden, machte auch keinen Sport mehr. Marco war ihr einziges Kind. Sie machte sich große Sorgen um ihn. Sollte ihm etwas zustoßen, hätte sie sich die Schuld gegeben. Um sich zu beruhigen, dachte sie, in drei Jahren besteht er das Abitur und geht dann auf die Universität und bald wird er auch eine neue Freundin finden.

Marcos Leistungen in der Schule ließen nach. Die anderen waren ihm jetzt einen Schritt voraus. Der Italienischlehrer fragte ihn wieder, ob er Hilfe brauche, ob er mit ihm über das Bombenattentat in Bologna sprechen wolle. Marco schüttelte den Kopf. Am Ende des Schuljahres blieb er sitzen. Scheinbar machte es ihm nichts aus. Er war 16 geworden, aber äußerlich blieb er der 15-Jährige von vor einem Jahr.

Als Francesco ihn im Sommer zu einer Fahrt nach Deutschland überreden konnte, fiel es Marco schwer, Vicenza zu verlassen. Er fand auch nicht die Kraft zu einem Abstecher nach Bologna. Die beiden Freunde fuhren mit dem Zug nach München, durch die DDR nach Westberlin, machten in Köln und Hamburg Station. Dort lernte Francesco Angelika kennen. Sie verliebten sich. Er war begeistert von Deutschland, froh, eine weniger provinzielle Luft als in Vicenza einzuatmen. Deutschland schien ihm ein freieres, offeneres Land. Marco hingegen empfand die Deutschen als kalt und fremd. In Westberlin geriet er mit einem Busfahrer, der kein Wort Englisch sprach, aneinander, was ihn nachhaltig verstimmte. Angelika fand er nett, aber er sah sich als *reggimoccolo*, wie die Römer sagen, als „Kerzenstumpfhalter". Er sehnte sich die ganze Zeit nach seiner vertrauten Heimatstadt.

Nach dem Sommer gingen Marco und Francesco in verschiedene Klassen. Dieser lernte Deutsch und versuchte, Angelika in ihrer Sprache zu schreiben. Wenn sie miteinander telefonierten, dann nur für zwei, drei Minuten, denn Auslandsgespräche kosteten viel Geld. Francesco pflegte auch weiterhin seine Vicentiner Freundschaften. Mühelos bekam er tausenderlei Aktivitäten unter einen Hut.

Auch in der neuen Klasse blieben Marcos Leistungen schlecht. Er war bestens informiert über die Ermittlungen und die Hintergründe des Anschlags von vor zwei Jahren, doch wenn er auf dem Schulhof zum wiederholten Male erzählte, Teile des italienischen Staates seien in die Anschlagpläne verwickelt gewesen und auch der amerikanische Geheimdienst habe seine Hände im Spiel gehabt, wandten sich seine Schulkameraden immer öfter anderen Gesprächsthemen zu.

Die dritte Klasse des Liceo bestand Marco mit Ach und Krach. Während seine männlichen Klassenkameraden bereits stolz ihren Bartflaum vorzeigten, war sein Gesicht glatt wie ein gepelltes Ei. Als Marco 18 wurde, hatte er noch immer den Habitus eines 15-Jährigen. Francesco bestand sein Abitur, Marco war von der Schule abgegangen und verbrachte viele Stunden in seinem Zimmer mit dem Betrachten seiner Zeitungsausschnitte.

Francesco zog nach Hamburg zu Angelika und schrieb sich an der Universität ein. Er sprach inzwischen sehr gut Deutsch und verfasste Artikel für Lokalzeitungen und Zeitschriften der Friedensbewegung, die er seinem Freund ins Italienische übersetzte und seinen langen Briefen an ihn beifügte. Marco ärgerten diese Artikel oder er fand sie belanglos. Aus seinen meist kurz gehaltenen Antwortbriefen spürte Francesco dessen weiter zunehmende Verschlossenheit. Francesco nahm die Welt als bunt, vielfältig und unvorhersehbar wahr. Für Marco verlief sie in vorherbestimmten Bahnen. Diese Haltung irritierte Francesco. Später langweilte sie ihn. Seine Briefe wurden seltener, bis ihr Kontakt ganz einschlief.

Die Berliner Mauer fiel, die Apartheid fand ein Ende, das World Trade Center brach zusammen und die Pleite von Lehman Brothers löste eine Weltfinanzkrise aus. Marco lebte weiterhin bei seinen alt gewordenen Eltern. Die Mutter klagte, er müsse endlich erwachsen werden und für sich selber sorgen. Der Vater warf ein, er glaube nicht an Wunder. Marco kaufte jeden Tag il manifesto. Nur montags erschien sie nicht. Meldungen über die Gerichtsprozesse zum Anschlag von 1980 gab es nur noch wenige. Marcos Zeitungsausschnitte vergilbten und zerfielen vom vielen Umblättern.

Auf dem Rückweg von einem gemeinsamen Ausflug übersah Marcos Vater eine rote Ampel. Wie durch ein Wunder blieb Marco auf der Rückbank unverletzt. Die Eltern waren sofort tot. Sie hinterließen ihm die Wohnung und eine Summe Geldes, von der er bescheiden leben konnte. Den Alltag alleine bewältigen zu müssen, war eine Herausforderung, der er sich nicht gewachsen fühlte. Er machte Francescos Adresse ausfindig und fuhr zum zweiten Mal in seinem Leben nach Hamburg. Er klingelte an Francescos Wohnungstür. Sein Freund hatte inzwischen einen Bauch und graue Haare. Angelika sah noch immer hübsch aus. Ihre Kinder studierten in Halle und Passau. Marco fragte, ob er eine Weile bei ihnen wohnen könne. Er quartierte sich im Gästezimmer ein. Vor wenigen Wochen war er 50 geworden, sah aber immer noch wie 15 aus. Francesco konnte sich zehn Tage von der Redaktion frei nehmen und zeigte

Marco seine Wahlheimatstadt. Sie fuhren mit dem Fahrrad umher, tranken Apfelsaftschorle in den Biergärten und redeten miteinander. Eines Tages begegneten sie an der Binnenalster einer Italienerin aus Frosinone, die auf der Durchreise nach Kopenhagen war. Anna verstand sich gut mit Marco und verschob ihre Weiterfahrt.

Eines Abends – Marco hatte mit Francescos Hilfe die erste pasta asciutta seines Lebens gekocht –, saßen sie nach dem Essen mit den beiden Frauen im Wohnzimmer. Marco bestand darauf, ihnen sein brüchig gewordenes Archiv zu zeigen, aber Francesco lehnte dieses Ansinnen schroff ab. Sofort bedauerte er seine harte Reaktion und streichelte Marco den Arm. Dieser war ganz verwirrt von der Berührung. Er trug die Zeitungsordner zurück ins Gästezimmer. Am nächsten Morgen war er verschwunden.

Monate später öffnete die Polizei einen bei der Gepäckaufbewahrung am Hauptbahnhof von Bologna nicht wieder abgeholten und verdächtig erscheinenden Koffer, dessen Inhalt sich zwar als ungewöhnlich, jedoch anscheinend ungefährlich erwies. Der Mitarbeiter der Gepäckaufbewahrung erinnerte sich an einen graubärtigen Mann, der den altmodischen Koffer abgegeben hatte. Kurz darauf entstandene Videoaufnahmen zeigten denselben Mann, der den Abholschein seines Gepäckstücks mit einem

Lächeln in den Abfallkorb entsorgte und den Bahnhof in Richtung Innenstadt verließ.

***

Der Meerestänzer

Der Tänzer geht mit einer Frau am Strand entlang. Er trägt einen schwarzen Anzug, sie ein helles Sommerkleid. Er singt ein Lied. Sie fangen an zu tanzen. Er singt immer weiter und nähert sich dem Meer.

Ich kann nicht schwimmen, sagt sie. Vertrau mir, sagt er. Sie tanzen auf dem Wasser. Er führt sie immer weiter weg vom Strand. In seinen Armen fühlt sie sich sicher. Seine Tenorstimme verzaubert sie.

Ihr Verlobter wartet im Hotel. Er hat sich den Fuß verstaucht. Auf Krücken humpelt er an den Strand.

Als die Lippen des Tänzers und die seiner Partnerin sich berühren, verstummt das Lied. Aus weiter Entfernung hört sie den Schrei ihres Verlobten. Sie entreißt sich der Umarmung. Ihre Füße tragen sie nicht mehr.

***

Der Metzger

Die Menschen kauften jetzt beim Fleischdiscounter nebenan, stellte der Metzger Friedrich Arrigus fest. Ihm fehlten nur noch wenige Jahre bis zur Rente. Dass seine Tochter andere Berufspläne hegte und seine geliebten Fleischermesser bald niemanden mehr interessieren würden, bereitete ihm ein flaues Gefühl im Magen.

Seine Frau riet ihm, sich abzulenken, sich ein Hobby zu suchen. Er überlegte, was er wohl machen könne. Eine Fremdsprache lernen? Er hatte doch selbst mit dem Hochdeutschen Schwierigkeiten. Ins Fitnessstudio gehen? Er war fit wie ein Turnschuh. Seine Frau erbot sich, ihm das Kuchenbacken beizubringen. Gott bewahre, erwiderte er.

Seine Tochter, die auf der Musikhochschule Violine studierte, übe seit Monaten für eine Aufführung des Violinkonzerts von Felix Mendelssohn Bartholdy, erklärte Frau Arrigus ihrem Mann. Der Name des Komponisten sagte ihm nichts. Klassische Musik interessierte ihn nicht. Seine Frau redete so lange mit Engelszungen auf ihn ein, er müsse bei der Premiere unbedingt dabei sein, bis er schließlich nachgab.

Vom ersten Takt an war das *Opus 64* für Arrigus eine Erleuchtung, eine Erweckung, etwas so Großartiges, wie er es in seinem Leben noch nicht erlebt hatte. Die Solo-Passagen seiner Tochter ließen ihn förmlich dahinschmelzen. Am Ende des Konzerts war er ein anderer Mensch.

Am nächsten Tag kaufte sich der Metzger eine Violine und nahm drei Mal die Woche Privatunterricht bei einer Geigenlehrerin. Allmählich machte er Fortschritte. Sogar in der Metzgerei spielte er jetzt ab und an. Die Kunden fanden den neuen „Verkaufstrick", wie sie es nannten, originell. Der Discounter klagte über unlautere Werbetechniken. Die Metzgersfrau schenkte Arrigus zu Weihnachten eine CD-Kollektion mit klassischen Violinkonzerten. Er warf sie in die gelbe Tonne. Sie war fassungslos. Er sagte im Ton eines Kenners, der diese Meinung seit 30 Jahren vertritt, klassische Musik könne man nur live hören. Alles andere sei eine Beleidigung für die Ohren. Frau Arrigus wechselte bis Mariä Lichtmess kein Wort mehr mit ihrem Mann.

Die wieder zahlreicheren Kunden des Metzgers fanden mehr und mehr Gefallen an seinem Violinspiel. Wenn sie ihn fragten, ob er nicht eine CD einspielen wolle, wurde er allerdings ungehalten. Die Konkurrenz setzte ihre Preise weiter herab. Arrigus bot seinen Kunden an, ihre nutzlosen CDs in kleine Stücke zu schneiden und ihnen anschließend eine Sonate auf seiner Geige vorzuspielen. Konservenmusik, erklärte der Metzger den verdutzten Käufern, sei ein Verbrechen an der Menschheit. Er wolle ihnen helfen, sich von dieser kriminellen Last zu befreien, und mit einer musikalischen Darbietung ihr Gemüt heben. Schließlich verkaufe er ihnen auch seit 40 Jahren gute, frische Metzgerware und nicht dieses bessere Dosenfleisch des Discounters.

Die Menschen hielten ihn für verrückt. Man tuschelte, seine Frau rede seit Monaten kein Wort mehr mit ihm, weil er ein Verhältnis mit seiner Geigenlehrerin habe, die bereits ein Kind von ihm erwarte. Frau Arrigus lachte, als ihr diese Gerüchte zu Ohren kamen, denn ihr Mann hatte vielleicht einen kleinen Dachschaden, aber er würde ihr nicht untreu werden. Zum Zeichen, dass sie bereit war, ihm zu verzeihen, betrat sie die Metzgerei und legte die CD-Kollektion, die sie wieder aus der gelben Tonne gefischt hatte, wortlos auf den Glastresen.

Ihrem Mann dabei zuzusehen, wie er das extra zu diesem Zweck erworbene Messer schwang und die CDs auf einem Spezialbrett kunstvoll in Streifen und kleine Quadrate schnitt, war wie einer jener Performances beizuwohnen, von denen ihr Bruder, der als Künstler in Berlin lebte, ihr dauernd erzählte. Endlich konnte sie seine Begeisterung für diese Kunstform nachvollziehen. Die Passanten staunten Bauklötze, dass der Metzger sein Vorhaben tatsächlich wahr machte. Es hatte sich längst eine Menschentraube vor dem Schaufenster gebildet. Als Arrigus den CD-Würfelhaufen schließlich mit einer lässigen Messerbewegung in den gelben Sack wischte, klopften die Menschen wie wild gegen die Glasscheibe, als ob sie gerade das furiose Finale einer packenden

Theateraufführung erlebt hätten. Der Metzger winkte sie herein und holte seine Geige hervor. Hinter der Theke spielte er eine Violinsonate von Mozart. Das dichtgedrängte Publikum hörte ihm andächtig zu. Schließlich hatte er das Stück beendet, setzte sein Instrument ab und verbeugte sich. Die Menschen schwiegen vor Rührung. Als Arrigus seiner Tochter in der Ladentür gewahr wurde, bahnte er sich einen Weg zu ihr und schloss sie in die Arme. Jetzt brach ein donnernder Applaus los, der die Konkurrenz nebenan erzittern ließ.

***

Die Möwe

Es war Sommer. Wir badeten im Meer. Am Strand saß eine Möwe. Sie war groß. Wir kletterten auf ihren Rücken. Sie lief ins Wasser und ließ sich von den Wellen tragen. Wir fanden das aufregend. Sie erhob sich in die Luft und landete auf einem Ruderboot. Es ging unter. Wir hatten Angst. Die Möwe jagte Delphine als Nahrung für ihre Jungen. Sie flog zu ihrem Nest, das aus Baumstämmen gebaut war, und fütterte ihre Brut. Die Möwe pickte nach uns. Wir waren in Panik.

Unsere Eltern hatten die Polizei benachrichtigt. Sie kam mit einem Hubschrauber. Die Möweneltern verteidigten ihr Nest. Ihr Flügelschlagen hätte uns beinahe über die Wolken katapultiert und ihr Geschrei dröhnte in unseren Ohren wie ein Techno-Konzert. Der Hubschrauber zog ab. Die Möwen beruhigten sich.

Ihre Jungen hatten immer noch Hunger und die Möwenmutter flog wieder los. Sie landete auf einer Müllhalde. Der Gestank ließ meinen Bruder in Ohnmacht fallen. Ich rüttelte ihn wach. Die Möwe kämpfte mit anderen Riesenmöwen um die größten Leckerbissen. Unsere Möwe erbeutete schließlich einen Kalbskadaver und kehrte zum Nest zurück. Die drei Jungen kreischten.

Wir waren halb taub, zerkratzt und blutig und hätten alles für ein Wiedersehen mit unserer Familie gegeben. Das andere Elterntier war nicht da. Wir glitten an der Flanke der Möwenmutter hinunter ins Nest. Die drei Jungvögel hackten nach uns. Wir kletterten mit letzter Anstrengung über den Rand des Nestes und sprangen in die Tiefe, als die Möwe uns gerade aufpicken wollte. Wir landeten im Sand, versteckten uns in einem Busch und warteten ab, bis die Möwe zu einem neuen Beutezug aufbrach. Dann gingen wir zum Strand. Zum Hotel war es nicht weit.

***

Mutter und Sohn

Als ihr Sohn bei einem Unfall starb, erlitt die Mutter einen Schlaganfall. Er kam zu ihrem Begräbnis und weinte. Zu seiner Beerdigung schickte sie Blumen.

***

Die Mütze

Als er am Morgen das Haus seiner Schwägerin Bertha verließ, setzte Bauer Fritz die Mütze auf. Ein unerwarteter Windstoß beförderte die Kopfbedeckung auf die Kirchturmspitze. Die Dorfbewohner lachten. Er kletterte auf den Kirchturm, doch die Leiter war zu kurz. Er stürzte ab. Als er wieder gehen konnte, pflückte er seiner schwangeren Frau Wilhelmine einen Herbststrauß. In einer Sturmnacht kam das Kind zur Welt. Die ramponierte Mütze fiel in Berthas Garten. Fritz stopfte sie in seine Jacke und stapfte zum Melkstall.

***

Der Name

Im Bürgeramt

Guten Tag.

Guten Tag. Sie wünschen?

Ich möchte meinen Namen ablegen.

Könnte ich Ihren Personalausweis sehen? Sie heißen also Wartenstein. Gunnar Wartenstein.

Sie tun mir weh.

Wieso?

Indem Sie meinen Namen aussprechen.

In begründeten Ausnahmefällen können Sie Ihren Namen ändern, aber Sie sind verpflichtet, einen Namen zu tragen.

Ich ertrage ihn nicht mehr und will keinen anderen.

Ich will Ihnen nicht zu nahe treten, Herr Wartenstein…

…Bitte seien Sie still.

Ich vergaß. Entschuldigen Sie. Sind Sie sicher, dass Sie nicht einen Arzt aufsuchen sollten?

Ich bin seit Jahren in Behandlung.

Und haben Sie Fortschritte erzielt?

Sobald ich keinen Namen mehr trage, wird das der Fall sein.

Ist Ihr Therapeut der gleichen Meinung?

Ganz und gar.

Aber weswegen hassen Sie Ihren Namen denn? War Ihr Großvater ein Massenmörder?

Nicht, dass ich wüsste.

Was soll denn auf Ihrem Grab stehen?

Nichts.

Und wie soll Ihre Familie Ihr Grab finden?

Ich lasse es grünorange anstreichen.

Das sind Ihre Lieblingsfarben, nehme ich an.

Sie fangen an, mich zu verstehen.

Ich heiße Eduard Biegelstein.

Ein schöner Name.

Sie haben auch einen schönen Namen.

Das sagen viele.

Ich kann Ihrem Antrag auf Namenslöschung nicht stattgeben.

Geld ist kein Thema. Sie könnten sich ein Einfamilienhaus in bester Lage leisten.

Das habe ich nicht gehört.

Gibt es denn gar keinen Weg?

Ein solcher Fall ist nicht vorgesehen. Sie müssten eine Petition beim Parlament einreichen. Ich würde auch unterschreiben.

Tatsächlich? Das ist nett von Ihnen.

Darf ich Ihnen einen Vorschlag machen?

Gerne.

Sie sind hier geboren? Sie haben immer hier gelebt?

Und?

Das heißt, Ihre Geburtsurkunde, Heiratsurkunde, Führerschein, Personalausweis, Reisepass sind alle von der hiesigen Gemeinde ausgestellt worden. … Warten Sie einen Moment.

Der Beamte geht in einen anderen Raum. Nach kurzer Zeit kommt er zurück. In der Hand hält er eine Plastiktüte mit Papierasche. Der Namenlose weint vor Glück.

Wie soll ich Ihnen danken?

Nenn mich Eduard.

Mein lieber Freund.

***

Die Orange

Eine Orange hatte lauter Kerne. Igitt, sagten die anderen Orangen zu ihr, dich will bestimmt niemand essen. Die Orange aber war stolz auf ihre vielen Kerne und pflanzte sich fort.

***

Roberta

Roberta arbeitet bei dem privaten Nachrichtensender FasterThanLightNews. FTLN ist immer eine Spur schneller als die anderen, immer schon vor Ort, wenn noch gar nichts passiert ist. Als Roberta aber eines Tages Bilder von einem Überfall auf einen Zeitungsladen zeigt, der erst zwei Stunden später stattfindet, erregt das Aufsehen. Medienwissenschaftler sprechen von einem Durchbruch vergleichbar mit der Erfindung des Buchdrucks. Andere TV-Sender scheitern beim Versuch, Robertas Berichterstattung nachzuahmen.

Sie richtet eine Börsensendung ein, in der sie die Kurse an der Wallstreet oder in Frankfurt am Main für die kommende Woche bekannt gibt. Sehr beliebt ist auch ihre Sendung *Oh, mein Gott* über bevorstehende Unglücksfälle. Betroffene versuchen ihnen zu entgehen, aber niemand entkommt der Wirklichkeit.

Ein Kollege fragt Roberta in einem Interview, woher sie die Fähigkeit habe, in die Zukunft zu sehen? Sie antwortet, es sei eine Mischung aus Intuition und harter Teamarbeit.

Am 25. Oktober zeigt sie bei *Oh, mein Gott* Bilder von einem abgestürzten Flugzeug, in dem sie selbst zwei Wochen später sitzen wird. Sie kann noch von ihrer Beisetzung berichten und dem Börsencrash, der auf ihren Tod folgt. Sie zitiert auch aus einem Nachruf der New York Times, der sie als die größte

Journalistin des 21. Jahrhunderts bezeichnet. Am 7. November empfängt sie der Präsident im Weißen Haus. Er spricht ihr im Namen des amerikanischen Volkes und vielleicht der gesamten Weltbevölkerung sein Mitgefühl für ihren morgigen Tod aus. Roberta umarmt den Präsidenten. Erhobenen Hauptes verlässt sie das Oval Office.

***

Der Sandmann

Neulich habe ich mich verliebt. In eine schöne Frau. Es war schrecklich. Ich konnte nicht mehr arbeiten, Auto oder Rad fahren, pünktlich zu einer Verabredung erscheinen. Wenn ich mich unglücklich verliebe oder weine, zerfalle ich zu Sand. Wenn ich ein Sandhaufen bin, trampeln die Menschen auf mir herum, pinkeln mich die Hunde voll, fegt der Straßenkehrer mich weg.

Ich ging der Frau aus dem Weg. Das half. Doch nur für kurze Zeit. Ich wurde traurig und weinte und wieder zerrann ich zu Sand. Ich fuhr an die Ostsee, aber die Wellen spülten meine Sandkörner ins offene Meer. Ich kehrte in die Stadt zurück. Allmählich wurde es besser. Es war Sommer geworden. Sorglos ging ich ins Schwimmbad, traf mich mit Freunden auf ein Glas Bier, flog sogar nach New York, um das MoMA zu besuchen. Im Flieger blätterte ich in einem Reisemagazin, als ich den Duft ihres Parfums wahrnahm. Ich flüchtete auf die Bordtoilette. Als ich die Tür wieder öffnete, stand sie vor mir. Sie heiße Leyla, sagte sie. Ich nannte ihr meinen Namen. Wir setzten uns nebeneinander. Wir verbrachten zwei zauberhafte Wochen in Manhattan und waren glücklich.

Weihnachten wollten wir wieder nach New York. Ein Sturm verhinderte den Start des Flugzeugs. Wir fuhren zurück in meine Wohnung. Sie habe nicht gewusst, wie sie es mir sagen solle, sie habe einen anderen. Ich bat sie hinaus. Draußen stürmte es weiter. Ich öffnete das Fenster und weinte hemmungslos. Der Sand flog in alle Himmelsrichtungen. Es dauerte Tage, bis ich mich wieder zusammengesetzt hatte. Ich konnte nur an Leyla denken. Zu Ostern mailte sie mir, sie heirate.

Irgendwie hat Leyla mich geheilt. Ich bin ihr dankbar. Manchmal fahren wir an die Ostsee. Für die Kinder, sagt meine Frau, ist ein Strandurlaub ideal.

***

Der Schlamm

Der stinkende braune Schlamm floss überall hin. Die Bevölkerung klagte über Kopfschmerzen, Übelkeit und Erbrechen. Nur ein weißer Ritter auf einer hochgelegenen Burg erfreute sich noch der duftenden Bergblumen, der grasenden Kühe, der prächtigen Tannen. Vom Tal blickten die Menschen sehnsüchtig zur Ritterburg hinauf. Nachts, wenn alle schliefen, kippte der weiße Ritter die ekelhafte Brühe über die Burgmauer.

***

Die Schuhcreme

Wir frühstückten neben dem Lorbeerstrauch, als ein schwarzes Gläschen vom Himmel fiel.

Fass es nicht an, sagte ich, vielleicht ist es ein Meteorit.

Ein Meteorit Made in Italy? lachte Valeria. Sie schraubte die Dose auf. Schuhcreme, sagte sie, gewöhnliche Schuhcreme. Schon hatte sie mir einen Streifen auf die Stirn gemalt. Ich brüllte sie an, was das solle, ob sie nicht richtig ticke. Ich war außer mir. Valeria erschrak. Im Bad wischte ich das Zeug ab. Beschämt schaute ich in den Spiegel.

Im Garten malträtierte meine gesichtsschwarze Freundin den Lorbeerstrauch mit Fäusten und Füßen. Als sie mich sah, schrie sie, scher dich zum Teufel, du verficktes Arschloch. Ich wähnte sie noch beleidigt und entschuldigte mich. Sie schlug mich. Gekränkt lief ich zum Fluss. Als ich zurückkehrte, kullerten Tränen über ihre frischgewaschenen Wangen. Ich nahm sie in die Arme.

Du hattest Recht, sagte sie.

Nein, du hast Recht, sagte ich.

Du verstehst mich nicht, sagte sie, es ist die Schuhcreme. Sie schmierte mir einen dünnen Streifen auf den Handrücken. Am liebsten hätte ich ihr eine runtergehauen. Valeria entfernte den Strich. Ich beruhigte mich.

Ich habe eine Idee, sagte ich, wir gehen zum Fluss, ziehen uns aus, seifen uns mit der restlichen Schuhcreme ein, bespritzen, knuffen und hauen uns so lange, bis wir wieder sauber sind. Dann machen wir ein Kind.

Was soll das bringen, fragte sie.

Versteh doch, wenn wir vorher unsere Aggressivität loswerden, wird es das friedlichste und glücklichste Kind auf Erden.

Valeria warf die Schuhcreme zurück in den Himmel.

***

Die Spatzen

Herr Hummelsberg sitzt auf der Parkbank. Mehrere Spatzen landen zu seinen Füßen und picken nach Essbarem. Herr Hummelsberg steht auf, deutet ein Kopfnicken an und sagt: Guten Tag. Die Spatzen beachten ihn nicht. Wie unhöflich, grummelt er.

Ein Spatz hüpft auf die Parkbank und schaut zu ihm hoch. Sie wollen mich wohl um Verzeihung bitten für Ihr ungehöriges Verhalten, sagt Herr Hummelsberg. Die raue Stimme erschreckt den Singvogel. Er fliegt davon. Kein Benehmen haben diese Viecher, brummt Herr Hummelsberg.

Die Spatzen picken weiter nach Körnern und Brotresten, aber die Ausbeute ist mager. Herr Hummelsberg zieht eine Zeitung aus der Tasche. Die Bewegung lässt die Spatzen auffliegen. Endlich sind sie weg, murmelt er.

Bald kommen sie wieder. Sie haben Hunger.

Herr Hummelsberg liest Zeitung. Eine Frau setzt sich neben ihn. Sie hat Vogelfutter dabei.

Sie sind unhöflich, sagt Herr Hummelsberg hinter seiner Zeitung.

Was habe ich Ihnen denn getan, empört sich die Frau.

Ich meine nicht Sie, sondern die Spatzen, erwidert er und nimmt die Zeitung herunter.

Seit wann kennen Spatzen denn Benimmregeln, lacht die Frau.

Sie haben meinen Gruß nicht erwidert.

Die Frau reicht Herrn Hummelsberg die Tüte mit Vogelfutter. Als die ersten Körner auf den Boden fallen, flattern mehr und mehr Spatzen herbei.

***

Die Stadt

Nach einigen Jahren kehren die Einwohner der Stadt zurück. Die Menschen öffnen die Fenster, wischen die Fußböden, die Tische, Stühle und Regale. Sie beziehen die Betten neu und stellen Blumen ins Wohnzimmer.

Am nächsten Morgen haben die Zeitungshändler geöffnet. Nach einer Woche machen die Kinos wieder auf. Die Menschen kommen auf den Plätzen zusammen und unterhalten sich: Über die Welt, über die Maßnahmen der Regierung, über Klatschgeschichten. Am Wochenende fahren sie in die Umgebung, um in den Wäldern spazieren zu gehen oder in einem See zu baden. Am Abend schauen sie zu Hause einen Fernsehkrimi an. Dann gehen sie ins Bett und machen Liebe miteinander.

Am Jahrestag der Katastrophe inszeniert die Stadtverwaltung eine Theateraufführung unter freiem Himmel. Die Schauspieler sprechen, lachen und küssen sich. Als das Stück zu Ende ist, applaudieren die Menschen.

Am Morgen stehen sie auf und duschen. Sie steigen auf ihre Drahtesel und fahren ins Büro. Sie klappern E-Mails in die Tastatur. Gegen Mittag scheint die Sonne. Die Angestellten gehen zum Inder oder zum

Italiener. Sie sprechen über den gestrigen Abend und essen von leeren Tellern.

***

Der starke Mann

Die alte Frau will über den wilden Bach, um Kräuter für ihren kranken Mann zu sammeln. Ein starker Mann wirft einen großen Stein ins Wasser. Nun kann die alte Frau die Kräuter von der anderen Seite holen. Als sie zurückkommt, ist der Stein weg und der Bach reißender denn je. Für eine sichere Überquerung verlangt der starke Mann ihre Kräuter. Die Frau geht hundert Meter weiter zu einer festen Brücke. Der starke Mann holt sich ein Rückenpflaster aus der Apotheke.

***

Ein Tisch

Ein Tisch ist zu seiner Geliebten unterwegs. In der U-Bahn trennen ihm Neonazis ein Bein ab.

Ein Tisch sammelt Spenden für ein neues Bein. Auf dem Weg zum Tischler stößt ihn ein Dieb vom Bürgersteig. Er bricht sich ein zweites Bein.

Ein Tisch sitzt schief und mittellos am Straßenrand. Die Caritas bringt ihn in ein feuchtes Depot. Ein drittes Bein verschimmelt und fällt ab.

Ein Tisch landet auf dem Sperrmüll und fast schon in der Verbrennungsanlage. Einem Arbeiter gefällt er, aber das letzte Bein ist bereits verkohlt.

Eine Tischplatte hat viele Kratzer und kommt auf den Dachboden. Als dieser nach dem Tod des Arbeiters entrümpelt wird, ist der Antiquar zur Stelle.

Ein Tisch steht im Schaufenster. Eine Käuferin bringt ihn nach Hause und stellt ihn neben die Stehlampe, seine Geliebte.

***

Toskanische Räuberin

Sommerabends trinkt sie Chianti-Fässer aus,
Nimmt rotgesichtig ein Bad im Tyrrhenischen Meer,
Taucht verschämt aus der Morgenadria empor.
Mittags hat sie noch immer eine Wolkenfahne.

***

Tour de lune

Gregor baut Gemüse und Obst auf dem Mond an. Es gibt nicht viel Wasser auf dem Erdtrabanten, aber Gregors Pflanzen und Bäume sind genügsam. Außerdem scheint immer die Sonne. Das meiste erntet Gregor für den eigenen Bedarf, aber einiges exportiert er auch auf die Erde, wo Mondfrüchte sehr gefragt sind. Einmal im Monat landet ein Raumschiff neben Gregors Garten, um seine Agrarprodukte in Empfang zu nehmen und ihm Shampoo, Toilettenpapier und ähnliche Dinge zu bringen, die er nicht selbst herstellen kann. Der Kapitän des Raumschiffes, Martin Klee, ist ein guter Freund von Gregor. Wenn alles Geschäftliche erledigt ist, setzen sie sich auf die Bank hinter dem Haus, rauchen eine Mondzigarette und plaudern miteinander.

Martin sagt immer wieder, wie einsam Gregor sein müsse. Dieser antwortet, er entdecke mit seinem Fahrrad jeden Tag einen neuen Hügel, ein neues Tal, einen neuen Berg, eine neue Höhle. Außer seinem Rad brauche er niemanden. Martin ist der Meinung, der Mensch könne nicht allein leben.

So bringt Martin eines Tages eine Frau mit auf den Mond. Sie merkt gleich, was für ein komischer Kauz Gregor ist, und ihre Vorstellung von einem romantischen Mondleben ist nach zwei Stunden erschüttert. Martin nimmt sie wieder mit. Er versucht es mit zwei, drei anderen Frauen, aber jedes Mal ist es ein

Misserfolg. Trotzdem lässt Martin nicht locker. Beim nächsten Flug sind fünf Frauen dabei. Vielleicht ist wenigstens eine unter ihnen dabei, die Gregor gefällt, denkt sich Martin. Er bringt seinen Freund dazu, mit ihnen allen eine ausgedehnte Radtour zu unternehmen. Die Frauen sind begeistert von dem Ausflug und wollen alle bleiben. Gregor ist sauer auf Martin.

Die ersten Nächte schlafen die Frauen in Zelten, die sie mitgebracht haben, dann bauen sie sich Steinhütten, pflanzen neue Obstbäume und Gemüsefelder und legen neue Radwege an. Gregor würde am liebsten auf den Mars auswandern.

Die Frauen beobachten fasziniert, wie er abends bei Kerzenlicht ein dickes italienisches Buch auf seiner Bank liest. Auch seine Mondzigarette hat einen betörenden Geruch. Und seine Knurrigkeit macht ihn unwiderstehlich. Außerdem ist er der einzige Mann hier.

Mit der Zeit verlieren die Frauen die Lust an der Mondwirtschaft. Sie fahren immer weitere Touren, sind manchmal tagelang weg. Gregor kann nicht mit ansehen, wie das Gemüse verrottet. Er flucht, weil er die ganze Arbeit am Hals hat. Abends fällt er todmüde ins Bett. Zum Lesen und Rauchen hat er keine Zeit mehr. Die Frauen nehmen zu, obwohl sie dauernd Rad fahren. Einmal sind sie einen ganzen Monat weg. Als sie wiederkommen, sind ihre Bäuche nicht mehr zu übersehen. Zu Ostern gebären sie drei Mädchen und zwei Jungen. Kapitän Martin kommt jetzt einmal die Woche vorbei und bringt Windeln und Babynahrung mit. Gregor ist ein stolzer, wenn auch gestresster Vater.

Je älter er wurde, desto lieber saß er nach der Arbeit wieder auf seiner Bank, rauchte eine Mondzigarette und las im *Orlando furioso* von Ludovico Ariosto, seinem Lieblingsbuch. Er lebte wieder allein auf dem Mond. Nur wenn Martin mit der Monatsernte zur Erde zurückgeflogen war und die Mondwirtschaft ein paar Tage ruhen konnte, ließ Gregor sich manchmal überreden, das Rad aus dem Schuppen zu holen, um seinen zu Besuch weilenden Enkelkindern das Mare Tranquillitatis oder andere Sehenswürdigkeiten zu zeigen.

***

Die Viertelstunde

Wenn jemand, wir sehen uns in fünfzehn Minuten, sagte, ging sie in die Luft. Selbst wenn die Menschen sich in einer Viertelstunde treffen wollten, klang das so, als ob sie, die Viertelstunde, ein Nichts sei. Wie bedeutend waren dagegen die halbe Stunde oder die Dreiviertelstunde, ganz zu schweigen von der Königin, der Stunde.

Auf der anderen Seite gewannen die Minuten kontinuierlich an Boden. Schon beriet das Zeitparlament ein Gesetz zur Zeitmodernisierung. Die Viertelstunde wusste, was das bedeutete: Es war der Sieg der ungebildeten Massen, des Plebs. Die Herrschaft der Minuten wäre das Ende der Zeitfreiheit, der Zeitkultur, des Zeitadels. Wahrscheinlich fühlten sich auch die Minuten von den Sekunden bedroht, diesem Fliegenschiss, aber was ging das die Viertelstunde an?

Sie beschloss, nach Sizilien auszuwandern, weil dort gerade die Stelle der Viertelstunde vakant war.

Die neue Umgebung war ihr fremd. Die ungenauen Zeiten behagten ihr nicht. Alles war noch schlimmer als zu Hause. Sie lernte ihre hiesigen Cousinen, die halbe Stunde und die Dreiviertelstunde, kennen, die sogar zu Vertraulichkeiten mit den Minuten neigten. Als die Viertelstunde es wagte, sich diesbezüglich bei der Stunde zu beschweren, knabberte diese einfach weiter an ihrem pollo arrosto und beachtete sie nicht. Die Viertelstunde war so erbost, dass sie sich den ganzen Tag in ihr Zimmer einschloss. Als sie gegen Abend wieder herauskam, hatte niemand sie vermisst.

Alle waren auf ein großes Fest gegangen. Obwohl sie noch immer gekränkt war, begab sich die Viertelstunde ebenfalls dorthin und sie tanzte, trank vino rosso, schwatzte und lachte, wie sie noch nie in ihrem Leben gelacht hatte. Als sie aufwachte, lag ein schnarchender Tag neben ihr im Bett. Noch immer fühlte sie sich leicht wie eine Feder. Er war so zart, so einfühlsam, so unglaublich gewesen. Sie gab ihm einen Kuss auf die Nase. Er schnarchte weiter. Draußen ging schon die Sonne auf. Und plötzlich erwachte er, rieb sich die Augen und war verschwunden. Sie dachte, heute Abend wird er zurück sein und wir werden wieder tanzen und uns amüsieren. Sie fühlte Schmetterlinge im Bauch. Der Tag kam nicht wieder. Sie weinte sich bei ihren Cousinen aus.

Sie halfen ihr auch, das Baby auf die Welt zu bringen, ein süßes Viertelstündchen. Die Dreiviertelstunde durchtrennte die Nabelschnur und die halbe Stunde wickelte das Kleine und legte es in die Wiege. Die Viertelstunde gab ihm die Brust. Der Vater ließ sich nicht blicken. Ihre Cousinen, die jetzt ständig bei ihr waren, ihr das Essen kochten, ihre Wäsche wuschen, ihr Zimmer fegten, zu jeder Zeit zu einem Schwatz aufgelegt waren, trösteten sie, ihnen sei es nicht anders ergangen.

Die Tochter wuchs von Tag zu Tag. Sie brauchte Platz. Die Viertelstunde entschied sich, nach Hause zurückzukehren. Sie veranstaltete ein wunderschönes Abschiedsfest. Nur der Tag, dieser Schuft, kam nicht. Am nächsten Morgen konnte der Flieger nicht starten, so umringt war das Flugzeug von Freunden, Bekannten, Cousinen, Minuten, Sekunden, die sie alle ein letztes Mal sehen wollten. Die Viertelstunde umarmte alle, küsste die halbe Stunde und die Dreiviertelstunde und drückte ihre Tochter ans Herz. Sie war ein schönes, schlankes Mädchen geworden. Sie wollte ihm noch sagen, es solle sich vor dem Tag, diesem Nichtsnutz, in Acht nehmen, aber sie ließ es. Am Abend konnte die Maschine endlich abheben.

Am Tag nach ihrer Rückkehr lud die Viertelstunde ihre Schwestern, die Minuten und die Sekunden zu einer Feier in ihre Wohnung ein. Wie der Abend in ihr Bett gekommen war, wusste sie am nächsten Morgen nicht mehr.

Ihren Sohn, den Kinoabend, besuchte sie, so oft sie konnte, im Arsenal am Potsdamer Platz. Wenn ein italienischer Film lief, murmelte sie manchmal unvermittelt: *Quanto mi manchi, mio carissimo giorno.*

***

Die Walnuss

Ich hänge mit meinen Schwestern im Baum, lasse mich vom Wind schaukeln und erfreue mich an der herbstlichen Landschaft. Eines Tages kommen Dorfjungen und schlagen auf die Äste. Wir fallen alle zu Boden. So liegen wir mehrere Tage. Frauen pellen unser verdorrtes Fleisch ab und breiten uns auf großen Tüchern aus. Später werfen sie uns in Körbe. In der qualvollen Enge können wir kaum atmen. Sie sperren uns in einen dunklen, kalten Raum. Grobe Männer zerren uns wieder hervor, schütten uns in stickige Säcke, verladen uns auf einen Lastwagen. Eine scheinbare Ewigkeit poltern wir über unbefestigte Straßen.

Der Lastwagen hält in einer großen Halle. Hier liegen noch viel mehr Walnüsse. Gemeinsam wären wir stark. Wir werden auf ein Fließband geschüttet. Alle meine Schwestern, die zu klein, zu hässlich sind, landen im Schredder. Eine Maschine füllt uns Übrige in kleine Plastiktüten. Wir werden zu einem Supermarkt transportiert. Wochenlang harren wir ohnmächtig in einem staubigen Regal aus.

Schließlich grapscht uns ein Mann und stopft uns in eine Einkaufstüte. Wir kommen in ein Wohnzimmer, in dem eine abgesägte Tanne steht. Sie balanciert brennende Kerzen auf ihren Zweigen. Der kleine Sohn des Mannes reißt die Walnusstüte auf. Wir poltern alle zu Boden, sind aber froh, wieder frische Luft zu atmen. Der Mann nimmt eine meiner Schwestern in die Hand. Er zwängt sie in ein metallenes Wolfsgebiss, das er „Nussknacker" nennt. Es macht „krack".

Eine Schwester nach der anderen fällt ihm zum Opfer. Ich bin die letzte. Da aber sagt der Mann zu seinem Sohn: Schluss für heute.

Das Licht geht aus. Die ganze Nacht zittere ich vor der Todeszange. Am Morgen scheint die Sonne auf den verschneiten Rasen. Mein letzter freudiger Moment.

Der Mann und sein Sohn betreten das Wohnzimmer. Der Junge hält sich den Bauch. Die Walnüsse sind dir nicht bekommen, sagt der Mann. Er hebt mich auf. Mein Kern klappert vor Angst. Der Mann öffnet die Terrassentür und wirft mich auf den weißen Rasen. Ich japse vor Kälte, aber ich bin frei. Nach ein paar Tagen vergräbt mich ein Eichhörnchen am Rande des Gartens. Ich fühle mich wohl in der feuchten, schweren Erde. Der Winter vergeht, ich wachse zu einem Walnussbaumtrieb heran. Fast wie ein Vater streichelt der kleine Junge meine hellgrünen Blätter.

***

Das Zahnbürstenhospiz

Um all den Zuckerdreck, den Getreidestaub, die Fleischerde und den Obst- und Gemüsematsch, die wir täglich in unsere Mundwohnung schleppen, von und zwischen den Zähnen zu beseitigen, müssen Zahnbürsten bis zur Erschöpfung schrubben. Sie haben einen Knochenjob. Nach einem Monat sind sie verschlissen. Der Mensch entsorgt sie.

Aus Anteilnahme am Schicksal sterbenskranker Zahnbürsten haben Frau Kathrin Sandstolz und ihr Mann Jürgen in Linz am Rhein das weltweit erste Zahnbürstenhospiz gegründet. Beide haben alle Hände voll zu tun. Die Nachfrage nach einer solchen Institution ist groß. Das Ehepaar will, solange es machbar ist, keine Anfrage zurückweisen. Da Zahnbürsten nur sich selbst haben, ist der Aufenthalt im Hospiz kostenlos. Hier bekommen sie Schmerzmittel und Placebos, dürfen an exklusiven Zahnpasten riechen, werden mit Gletscherwasser gespült und hören den Zahnmärchen von Herrn Sandstolz oder dem Bürstenorchester unter der Leitung von Claudio Spazzolini zu. Manche Hospizbewohner wollen einfach in einem Zahnbürstenglas stehen und das Badezimmer kontemplieren. Andere ziehen sich in einen Kulturbeutel zurück. Über ihre letzten Stunden verfügen die Zahnbürsten ausschließlich selbst.

Wenn ihre Zeit gekommen ist, besprüht Frau Sandstolz den Bürstenkopf mit einer unmittelbar wirksamen Droge und ihr Mann bestattet die Tote in frischen Minz- und Salbeiblättern.

***

Der Zeppelin

Nachts werde ich zum Zeppelin. Meine Propeller rotieren. Ich steige höher und höher. Die Luft ist dünn. Ich japse. Ich liebe es, ein heißer Zeppelin zu sein. Mit roter Nase und Überdruckventil. Meine samtene, strapazierfähige Haut eignet sich bestens für Höhenflüge. Ich bin ein Wunderding. Hier oben verkehre ich mit dem Mond und den Sternen. Sie sind meine *amanti*. Manchmal huscht ein Meteorit vorbei. So ein Flitzer ist wie drei Flaschen Champagner trinken. Wenn ich mich ausgetobt habe, gleite ich zur Erde zurück. Im engen Hangar schrumpfe ich zusammen.

Tagsüber ist es *absolutely boring*. Niemand kommt mich besuchen. Niemand sagt mir ein schönes Wort. Niemand streichelt mich. Der Eigentümer ignoriert mich. Nur wenn der Wasserkessel überzulaufen droht, öffnet er das Überdruckventil.

Endlich wird es dunkel. Der Eigentümer rollt mich aus dem Hangar. Die frische Luft tut mir gut. Am Himmel sehe ich den Erdtrabanten und die fernen Sonnen. Aufgeregt blase ich mich auf und steige hoch. Der Eigentümer kann gerade noch in die Zeppelinkabine springen. Ich fühle mich toll. Die Sterne kommen näher und näher. Welchen soll ich mir heute aussuchen? Da ist der Sirius, da der Polarstern, da die Geschwister vom Großen Wagen, da der Dreiergürtel des Orion. Ich liebe sie alle, aber ich kann nur auf Italienisch lieben. Wenn die Sterne *tesoro, dolcissimo, amore mio, sogno della mia vita* raunen, bin ich im siebten Himmel. Viele meiner Zeppelinfreunde mögen auch die deutsche Sprache. Ich finde sie etwas hart. Wie meine Mutter sagte, *chacun a son goût*. Die französische Sprache verehre ich auch. Sie ist *très, très douce*.

Der Himmel bezieht sich. Es fängt an zu regnen. Heute habe ich kein Glück. Wir müssen rasch zur Erde zurück. Wie ich schlechtes Wetter hasse! Hoffentlich trocknet mich der Eigentümer anständig ab.

Ein alter Kollege klagt, er müsse irgendein Loch in der Haut haben, er blase sich nicht mehr auf. Ich habe ihm oft gesagt, er soll das Loch reparieren lassen. Er schenkt mir nur ein Lächeln, er sei alt und könne nicht mehr.

Der Eigentümer hat mich nach dem warmen, seifigen Regen gut abgetrocknet und mich in den Hangar zurückgebracht. Ich fühle mich wunderbar sauber.

Die Sonne ist untergegangen. Der Himmel ist sternenklar. Ich steige auf, bin heute besonders erregt. Am Horizont sehe ich die Venus. Ich eile zu ihr. Sie lächelt mich an. Sie strahlt wie ein Diamant. Ich will sie umarmen, küssen, lieben, aber plötzlich erlischt sie: Sie ist untergegangen. Die Begegnungen mit ihr sind traumhaft, aber kurz. Meine rote Nase pulsiert noch immer. Ich rufe dem Eigentümer in der Kabine zu, er soll das Überdruckventil betätigen. Und so malen wir die Milchstraße an und lauter neue Sterne leuchten. Erschöpft sinke ich zur Erde herab. Der Eigentümer hat wieder Regen bestellt. Ist mir egal. Heute habe ich meinen Spaß gehabt. Wohlig warm schlafe ich im Flanellhangar.

***

Inhaltsverzeichnis

Am U-Bahnhof	9
Auf dem Platz	11
Der Bach	14
Die Bauchuhr	15
Beate S.	17
Berliner Mond	19
Bildschirme	20
Die Butternäherin	22
Der Dachschwimmer	25
Einsicht	26
Elisabeth	27
Emelie	29
Flucht	30
Das Foto	31
Das Gemälde	35
Gewitterliebe	38
Der Gläubige	39
Der Golddenker	40
Der Hausrotschwanz	42

Das Herz	43
Der Holzpalast	44
Hors d'œuvre	45
Der Hund	46
Ich schreibe	47
Im Park	49
Im Restaurant Zum Löwenhof	50
Im Wäschekeller	52
In Prenzlauer Berg	54
Das Klavier	56
Der Klempner	58
Königin Siglinde	61
Das Lächeln des Königs	63
Der lästige Besuch	74
Die Leselampe	75
Liebeskummer	76
Marco und Francesco	79
Der Meerestänzer	88
Der Metzger	89

Die Möwe	93
Mutter und Sohn	95
Die Mütze	96
Der Name	97
Die Orange	100
Roberta	101
Der Sandmann	103
Der Schlamm	105
Die Schuhcreme	106
Die Spatzen	108
Die Stadt	110
Der starke Mann	112
Ein Tisch	113
Toskanische Räuberin	114
Tour de lune	115
Die Viertelstunde	118
Die Walnuss	121
Das Zahnbürstenhospiz	123
Der Zeppelin	125

Georg Gehlhoff, Studium der Zeitgeschichte in Bologna, lebt und arbeitet seit 1999 in Berlin. 2015 veröffentlichte er bei Books on Demand *Frau Hennig. 40 skurrile Geschichten.*